Para L.W.

Adaptado por Elizabeth Rudnick

Baseado no filme de Linda Woolverton
Produtores Executivos: Angelina Jolie, Don Hahn,
Palak Patel, Matt Smith, Sarah Bradshaw
Produzido por Joe Roth
Dirigido por Robert Stromberg

Um agradecimento especial a Brittany Candau.

São Paulo
2017

UNIVERSO DOS **LIVROS**

Copyright © 2014 Disney Enterprises, Inc.

© 2017 by Universo dos Livros
Todos os direitos reservados e protegidos pela Lei 9.610 de 19/02/1998.
Nenhuma parte deste livro, sem autorização prévia por escrito da editora, poderá ser reproduzida ou transmitida sejam quais forem os meios empregados: eletrônicos, mecânicos, fotográficos, gravação ou quaisquer outros.

DIRETOR EDITORIAL
Luis Matos

EDITORA-CHEFE
Marcia Batista

ASSISTENTES EDITORIAIS
Aline Graça e Letícia Nakamura

TRADUÇÃO
Cristina Calderini Tognelli

PREPARAÇÃO
Nina Soares

REVISÃO
Francisco Sória, Giacomo Leone Neto e Juliana Gregolin

ARTE
Francine C. Silva, Valdinei Gomes e Renato Klisman

ADAPTAÇÃO DE CAPA E DE PROJETO GRÁFICO
Francine C. Silva

Dados Internacionais de Catalogação na Publicação (CIP)
Angélica Ilacqua CRB-8/7057

R854m
    Rudnick, Elizabeth
    Malévola / Elizabeth Rudnick ; tradução de Cristina Calderini Tognelli ; baseado no filme de Linda Woolverton; produtores executivos: Angelina Jolie...[et al]; produzido por Joe Roth; dirigido por Robert Stromberg. – São Paulo: Universo dos Livros, 2017.
    240 p. : il.
    ISBN: 978-85-503-0090-0
    Título original: *Maleficent*

1. Literatura infantojuvenil I. Título II. Tognelli, Cristina Calderini III. Woolverton, Linda IV. Jolie, Angelina V. Roth, Joe VI. Stromberg, Robert

16-1435   CDD 028.5

Universo dos Livros Editora Ltda.
Rua do Bosque, 1589 – Bloco 2 – Conj. 603/606
CEP 01136-001 – Barra Funda – São Paulo/SP
Telefone/Fax: (11) 3392-3336
www.universodoslivros.com.br
e-mail: editor@universodoslivros.com.br
Siga-nos no Twitter: @univdoslivros

Esta é a história da fada Malévola. Não é a história que você acredita conhecer. Não é aquela que começa com uma maldição e termina com um dragão. Nada disso. Isto é o que de fato aconteceu. E por mais que possa haver uma maldição e um dragão, ela contém muito mais. Afinal, é a história de um amor perdido, de amizades encontradas e, por fim, do poder de um único beijo...

PRÓLOGO
TERRAS ALTAS ESCOCESAS

O SOL DO FIM DA TARDE se infiltrava sobre a grande extensão de grama espessa, transformando as lâminas verdes em douradas. No céu, as nuvens se moviam lentamente, com movimentos morosos que imitavam as ovelhas fofas nos campos abaixo. Sentados num muro de pedra, um pastor e seu filho de quatro anos de idade vigiavam o rebanho. Aos seus pés estavam dois collies, com os olhos fechados por estarem descansando do seu dever de cães de pastoreio por um instante.

Aquela era a primeira vez do menino nos campos com o pai. Esperara por esse dia impacientemente, tendo sempre sido deixado para trás enquanto os irmãos conduziam os rebanhos para lugares cada vez mais afastados. Mas agora era a sua vez. Correra atrás do pai o trajeto todo, tentando não assustar as ovelhas quando finalmente as encontraram nos limites de um dos campos mais distantes. Em seguida, gritou e as chamou, imitando o pai o melhor que podia, a fim de que as criaturas peludas se movessem.

Com todas as novas experiências, a corrida e os gritos, o menino estava faminto. A refeição logo foi devorada, e agora ele dava uma enorme mordida em seu bolo predileto. Farelos caíram em seu colo enquanto ele se deliciava com o doce. Notando que o pai colocara sua porção no chão ao lado dele, o menino inclinou a cabeça.

– Não quer mais o seu doce, papai? – perguntou.

– Estou deixando um pouco para o Povo das Fadas – o pastor respondeu, com o rosto desgastado pelo tempo, muito sério.

Desperdiçar um doce? O menino nunca ouvira falar sobre tal coisa.

– Por quê? – perguntou.

Sorrindo ante a natureza inquiridora do filho, o pai respondeu:

– Em agradecimento por eles terem ajudado no crescimento da grama e na exuberância das flores. Para lhes mostrar que não temos intenção de feri-los.

Contudo, essa não era uma resposta satisfatória para o menino. Ele tinha mais perguntas.

— Por que eles fazem isso? Por que nós os feriríamos? — perguntou, com sua voz fina carregada de confusão.

Antes de dizer qualquer coisa, o pastor alisou a terra debaixo de si com a bota gasta. As solas estavam marrons com a terra dos campos, e as pontas estavam desbotadas. Os tempos vinham se mostrando difíceis, visto que o rei Henry exigia mais dos seus campos e das suas ovelhas a cada ano que passava. O fazendeiro agora se agarrava com determinação a coisas como botas, esperança e terras.

— Eles são parte da natureza. Cuidam das plantas, dos animais, até mesmo do ar — ele prosseguiu ao apanhar um montinho de terra fofa para formar uma guirlanda de terra ao redor do presente doce. — Mas nem todos os humanos lhes dão valor. Algumas pessoas atacam suas terras, querendo colher os benefícios de todos os seus tesouros naturais. Sim, existiram muitas guerras sem sentido entre os humanos gananciosos e o Povo das Fadas. E não importa quanto os dois lados se esforcem para manter a paz, sempre parecemos estar à beira de outra guerra. — O pastor fitou ao longe com um olhar melancólico.

Era informação demais para o menino processar. O pai estava falando bobagens! Toda vez que *ele* dizia tolices, sua mãe lhe dava um tapa na cabeça e o mandava para o celeiro para limpar as baias. Visto, porém, que ele não podia fazer tal coisa com o pai, apenas perguntou:

— Por que está fazendo isso com a terra?

– É um sinal de respeito – o pai respondeu simplesmente. – Queremos que o Povo das Fadas saiba que é seguro comer o bolo. Não queremos que pensem que tentamos envenená-los. As fadas podem ser bem malvadas se forem provocadas. – Levantando-se, assobiou para os cães e começou a andar de volta para casa.

Atrás dele, o menino estava sentado na mureta, com a cabeça cheia de pensamentos. Nunca ouvira falar de fadas *malvadas*. Olhando com nervosismo por sobre o ombro, perscrutou a mureta larga. Insatisfeito por não estar sendo observado por fadas malvadas, saltou das pedras. Em seguida, emitindo um gritinho, correu atrás do pai. Quando se viu seguro bem ao lado dele, o menino exalou um suspiro de alívio. Começou a olhar ao redor nos campos, ansioso por ver um membro do Povo das Fadas.

Conforme desciam a colina, pastoreando as ovelhas em direção à casa, que era apenas um pontinho ao longe, o menino ficou olhando do céu ao chão. Vendo um ponto verde sobre uma flor próxima, parou e o mostrou ao pai.

– Aquilo é do Povo das Fadas? – perguntou, cheio de esperanças.

O pastor negou com a cabeça.

– Não – respondeu ele. – Aquilo é um gafanhoto.

Apontando para outra flor, o menino voltou a perguntar.

– E aquilo?

Mais uma vez, o pastor balançou a cabeça.

— Não, aquilo é uma libélula – respondeu. Ao perceber que até dar mais informações ao filho viriam mais perguntas, o pastor acrescentou: – Nem todos os seres do Povo das Fadas são pequenos. Alguns são tão grandes como nós. Alguns têm asas e outros, não. Mas *todos* têm orelhas pontudas.

Levantando a mão, o menino esfregou as próprias orelhas. Seus olhos se arregalaram.

— Papai, acho que eu sou um deles! – exclamou.

Sufocando uma gargalhada, o pastor parou e se virou na direção do filho.

— Deixe-me ver essas orelhas – disse, examinando a cabeça do menino com atenção. – Não, não são pontudas. – Depois virou o filho de costas. – E também não tem asas. Você é só um menino.

O filho sorriu, aliviado. Por mais que desejasse ver uma das criaturas mágicas, definitivamente não queria *ser* uma delas.

Levantando um dedo, o pastor apontou para as terras que ladeavam os campos de pastoreio da família.

— Se você fosse um deles – prosseguiu o pai do menino –, viveria ali. Aquilo são os Moors, o lugar em que as fadas vivem. Eis o motivo de tanta confusão.

O olhar do menino acompanhou o dedo do pai, e seus olhos se arregalaram. Nunca vira os Moors antes. A casa do Povo das Fadas ficava distante demais. No entanto, ouvira os irmãos comentando sobre ovelhas que se desgarraram para lá e nunca voltaram. Mesmo no brilho quente da luz do entardecer, os Moors estavam cobertos por uma neblina, escondendo tudo e todos que entrassem lá. Estendiam-se em ambas as direções, com árvores altas que se torciam e cresciam em direção ao céu e escondiam as terras além delas. Na base dos troncos, amentilhos cresciam sob a luz multicolorida do sol, estendendo-se na direção das terras humanas como se estivessem curiosos. O menino estremeceu.

Voltando a sua atenção uma vez mais para as ovelhas, o pastor retomou a caminhada na encosta da colina. O menino se retardou atrás deles, com os olhos colados nos Moors. Conseguia enxergar comida no chão, junto de totens e de talismãs pendurados nos galhos das árvores que delimitavam as terras das fadas. Estreitou o olhar, tentando enxergar mais através da neblina. Sem conseguir, e tomado de curiosidade, o rapazinho começou a andar na direção do vale nebuloso.

Momentos depois, encontrou-se nos limites dos Moors, e a neblina se abriu o suficiente ao seu redor para que ele enxergasse pedras e pequenos arbustos que cobriam o chão. Ajoelhou-se, enfiou a mão no bolso e colocou com cuidado o pedaço de bolo comido pela metade sobre a pedra. Recuou um passo e esperou.

Nada aconteceu.

O menino empurrou o pedaço mais para o centro da pedra.

Ainda assim, nada aconteceu.

Desapontado, o menino se virou para ir embora. O sol se poria a qualquer instante, e ele precisava voltar para casa com o pai. De repente, ouviu um farfalhar atrás de si. Parou. Virando-se lentamente, observou com olhos bem abertos um par de antenas semelhantes ao de um inseto se erguer na beirada da pedra.

Rapidamente, o menino se escondeu atrás de uma pedra próxima dali, com o coração acelerado e a respiração ofegante. As antenas tremularam como se testassem o ar. Um instante depois, duas asinhas azuis surgiram, e uma fada azul brilhante saltou por sobre a pedra. Sua pele era quase transparente, como uma gota de orvalho, e o movimento das asas coloridas atrás dela era hipnotizante. Era a coisa mais bela que o menino já vira na vida.

Sem saber que tinha companhia, a fada minúscula esticou a mão na direção do bolo.

Atrás de sua pedra, o menino sentiu o nariz coçar. Remexeu-o, tentou evitar o inevitável, mas não havia nada que pudesse fazer. Acabou espirrando.

Ao se virar, a fada encontrou o olhar do menino. Por um instante, nenhum dos dois se mexeu, ambos maravilhados um com o outro. No entanto, logo houve um latido forte, e um dos collies se aproximou. Antes que o menino pudesse dizer qualquer coisa, a fada se afastou pelos ares, deixando o bolo para trás.

Com um suspiro, o menino se levantou e começou a se afastar dos Moors com a cabeça repleta de pensamentos e de perguntas. Que tipo de fada teria sido aquela? Seria jovem ou velha? Amigável ou malvada? Existiriam outras como ela? E o mais importante, para onde ela estaria indo?

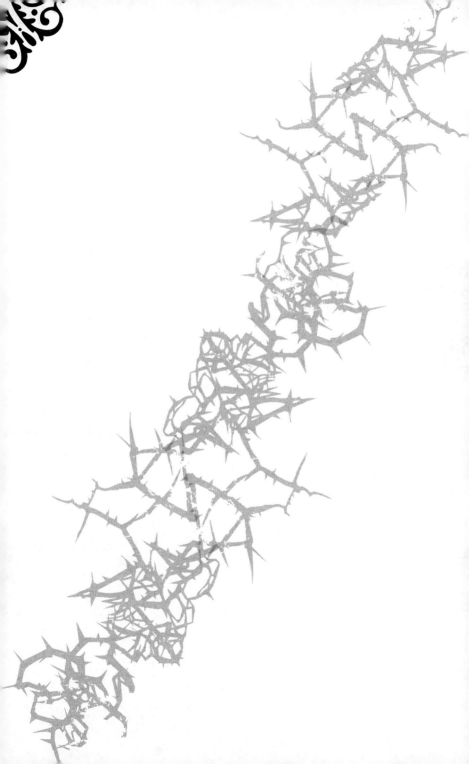

CAPÍTULO 1

A FADA AZUL DO ORVALHO voou rapidamente para longe do menino e da sua assustadora criatura peluda. Enquanto avançava cada vez mais para o interior dos Moors, o sol caía no horizonte, emitindo matizes brilhantes de rosa, roxo e azul. O céu foi escurecendo, e os sons da natureza foram ficando mais perceptíveis. Havia os pios das corujas, o canto dos corvos e o zunido dos insetos conforme se moviam de flor em flor. Atrás dela, as árvores que forneciam uma barreira natural para o mundo das fadas diminuíam de tamanho ao longe, mas outras maiores e mais antigas surgiam. Os troncos variavam de cor, indo do marrom-escuro ao cinza-claro. Erguiam-se bem alto no céu, criando um dossel que fornecia uma espécie de teto para os Moors. Dentro desse dossel, passarinhos chamavam uns aos outros enquanto esquilos saltavam de galho em galho, sem se preocupar com a altura.

A fada se movimentava com rapidez. Passou por um lago grande onde um grupo de fadas brincava na água e lançava gotas brilhantes no ar. Acenando, ela prosseguiu, sobrevoou uma colina e desceu um vale. Desviou para a direita em uma árvore grande que estava partida, e chegou a um campo de flores vermelhas que se estendia pelo comprimento de quase dez árvores. Depois delas, havia outro lago, esse mais escuro, com uma caverna obscura que era o lar de uma família de mudgeons. Ela abaixou a cabeça para não fazer contato visual. As diminutas criaturas – de orelhas grandes e testa sempre enrugada, pois viviam preocupadas com tudo – eram gentis, mas um tantinho relaxadas demais com a limpeza para o gosto dela. As asas da fada do orvalho bateram mais e mais rápido.

Por fim, ela chegou a um lindo bosque, a Colina das Fadas. Localizada bem no meio dos Moors, a Colina era um lugar especial para todos que ali viviam. Era impregnada com magia e praticamente pulsava com a energia vinda das criaturas e da flora daquele recanto encantado. Naturalmente circular, era formada por pântanos, vários riachos e uma grande árvore que ocupava uma boa parte do espaço e se empoleirava acima de tudo. Aterrissando numa pedrinha na beirada de um charco, a fada do orvalho olhou ao redor e sorriu, contente de estar em casa e ver tantos rostos familiares.

Houve um grunhido de um duende de lama quando afundou seu corpo desajeitado no charco para se juntar a muitos outros. As criaturas tinham orelhas pontudas que pendiam nas laterais da cabeça e antenas grossas com a ponta rosada. Estavam sentadas juntas, sua baba escorrendo no charco, criando mais lama, que os ajudava a sobreviver.

Mais ao longe no pântano, criaturas roxas semelhantes a peixes de olhos imensos e grandes bocas filtravam a água suja com suas nadadeiras em forma de rede, tornando-a limpa e fresca novamente. Por perto, um grupo de fadas das pedras, criaturas cinzentas sem cabelos que se assemelhavam às rochas com as quais trabalhavam, mantinha-se ocupado rearranjando as pedras no riacho agora limpo para ajudar a escoar a água. Em todas as partes do bosque, as criaturas trabalhavam juntas para manter a natureza em equilíbrio e harmonia.

No meio de tudo aquilo estava a Sorveira Brava. Enorme e imponente, o tronco da árvore se retorcia em galhos espessos e compridos e se fincava num labirinto de raízes perfeitamente curvadas e cobertas por musgo. Folhas refulgentes cobriam os galhos, e quando a lua as iluminava com perfeição, elas lançavam uma luz verde que brilhava em todo o bosque. Sentada e recostada contra o tronco firme, estava uma linda fada do tamanho de um humano, com seu bebê acomodado em um braço. Os cabelos escuros como um corvo brilhavam à luz do luar, e suas largas asas descansavam com graciosidade uma sobre a outra, como uma coberta feita de penas. Ela entoava uma canção de ninar e levantou a mão, fazendo com que botões noturnos subitamente florescessem nos galhos acima delas. Depois, fez com que as folhas e as flores dançassem, balançando no ritmo da sua canção, enquanto a filha começava a adormecer.

– Hérmia – uma voz amorosa a chamou. De repente, um macho alto e belo apareceu ao seu lado. Era seu marido, Lisandro, que tinha olhos verdes tão brilhantes quanto as estrelas acima dos dois.

– Psiu – ela o censurou com gentileza. – Ela acabou de dormir.

– Ah, aí está ela. – Ele sorriu e inclinou a cabeça, adorando a visão de sua bela adormecida. Inclinou-se para beijar a filha na testa e abraçar a esposa.

– Como foi? – ela perguntou quando ele se acomodou ao seu lado de encontro à Sorveira Brava.

Ele suspirou e fez as sobrancelhas se unirem ao franzir a testa.

– Não foi. Os humanos não apareceram. Esperei na fronteira até o sol se pôr, depois voltei para cá.

Hérmia refletiu sobre a informação, sabendo das implicações de mais um dia perdido nos seus esforços pela paz.

Por mais que a maioria das criaturas do Povo das Fadas desconfiasse de todos os humanos, e tendo testemunhado incontáveis ataques iniciados por essa raça, Lisandro e Hérmia acreditavam que não podiam julgar uma espécie inteira por conta das ações de uns poucos. Acreditavam que a paz entre as raças era possível. De fato, por anos eles forjaram relacionamentos com os fazendeiros locais e os pastores. Essas pessoas eram a prova de que existiam humanos que apreciavam a natureza tanto quanto eles. Na verdade, as sementes do lar deles, a Sorveira Brava, foram presente de uma família que lhes agradecera por ajudá-los com a colheita após uma seca. E com apenas um toque de magia, eles transformaram as sementes numa residência esplêndida, um pedaço de natureza reverenciado por todas as criaturas dos Moors, apesar de sua origem.

Contudo, parecia que a nova e frágil harmonia com os humanos, assim como um galho delicado, estava prestes a se romper. As sentinelas, criaturas parecidas com árvores de três metros e meio de altura que protegiam a fronteira, alertaram o Povo das Fadas de que humanos com armaduras vinham rondando a região, fato que alarmou boa parte das fadas. Acreditavam que fosse um sinal garantido de que uma nova leva de humanos pensava em invadir e saquear as riquezas dos Moors, do começo de uma nova guerra. Desejando romper o duradouro ciclo de violência, Lisandro decidira ir até a fronteira para iniciar negociações pacíficas.

— O que Baltazar pensa a respeito? — Hérmia perguntou, mencionando uma das sentinelas.

— Ele estava preocupado. Eles têm se aproximado da grande cascata todos os dias à mesma hora já há uma semana. É estranho que tenham cessado suas visitas subitamente.

Hérmia não disse nada. O silêncio pesou entre eles, mas um sabia o que passava pela cabeça do outro: a tola esperança de que talvez aqueles humanos só tivessem querido explorar os Moors ou, se a missão deles tivesse sido perniciosa, de que a tivessem abandonado. Pairava o medo de que tivessem perdido a oportunidade de mudar o curso da história, de criar um ambiente pacífico no qual a filha deles poderia crescer. Uma inegável tensão agourenta estava no ar.

— Amanhã — disse Lisandro, rompendo o silêncio. — Retornarei amanhã.

— E eu irei com você — acrescentou Hérmia. — Preciso estar lá. Malévola estará em boas mãos aqui, junto dos outros.

Uma brisa suave soprou entre os galhos. Hérmia apoiou a cabeça no ombro de Lisandro; ele descansou a sua cabeça na dela. E assim, apesar do peso em seus corações, juntaram-se à filha num sono tranquilo sob as folhas tremulantes da Sorveira Brava.

Primeiro ouviram os guinchos dos pássaros. Depois os gritos.

– Guerra! Estamos em guerra! – exclamou uma fada das pedras.

– Os humanos atacaram! – uma fada das águas berrou.

Tanto Hérmia quanto Lisandro se ergueram num salto, abrindo as asas instintivamente. Ainda era noite, e o céu agora estava negro e sem estrelas. Fadas e animais corriam na terra coberta por folhas, em meio aos riachos gorgolejantes e ao ar de veludo. Hérmia abaixou o olhar para o fardo precioso em seus braços. Surpreendentemente, o caos não despertara Malévola.

Três fadas desalinhadas voaram apressadas por eles.

– O que aconteceu? – Hérmia se pôs diante delas, para bloquear-lhes o caminho.

– Os humanos estão aqui. Na fronteira. Um exército inteiro deles! – uma delas, chamada Knotgrass, exclamou com histeria.

– Com armas! – informou outra, vestida de azul, chamada Flittle.

– E com roupas feias! – acrescentou a menor delas, Thistlewit.

Com preocupação nos olhos, Hérmia se virou para Lisandro quando as fadas se afastaram voando.

— Ainda pode haver tempo — Lisandro respondeu à pergunta não formulada. — Se ao menos pudermos conversar de um modo sensato com eles...

— Isso — Hérmia concordou, apressada. — Precisamos ir para a fronteira. — Segurou a filha adormecida mais junto ao corpo ao voarem para uma área verdejante abaixo da Sorveira Brava. Vasculhando a entrada coberta por musgo, começaram a chamar pelos amigos:

— Adella? Finch? Sweetpea?

— Robin! — Hérmia exclamou ao ver um elfo pequeno e vivaz voando na direção deles. Robin era amigo da família havia séculos. Com seu incrível espírito juvenil, era ótimo para contar piadas e sempre aparecia com novas brincadeiras, um raio de luz e de positividade necessário nos tempos sombrios que, com muita frequência, se abatiam sobre os Moors. Naquela noite, a expressão do elfo estava carregada de preocupação. Foi a ocasião em que o viram mais sério.

— Aí estão vocês! Estivemos procurando por vocês em toda parte — anunciou ao se aproximar deles. — A toca mais distante está servindo de abrigo para aqueles que não estão lutando. Venham por aqui, por favor. — Começou a voar na direção pela qual viera.

— Não. — Hérmia o deteve. — Por favor, queremos que Malévola vá com vocês para o abrigo, mas nós não iremos.

— Vamos para a linha de frente — explicou Lisandro.

Robin os fitou por um instante. Depois assentiu. Conhecia o empenho de tanto tempo deles em estabelecer a paz, e o quanto significaria para eles acabar com as lutas de uma vez por todas. Discutir seria perda de tempo.

– Muito bem, então – respondeu. – Mas sigam-me até a toca no caminho até lá. Não creio que eu consiga carregá-la sozinho.

Voaram em fila, fazendo silêncio em meio à desordem ao redor deles. Só falaram quando Malévola foi beijada pelos pais, depositada com cuidado na toca acolhedora e cercada por um misto de criaturas coloridas que arrulhavam ao seu redor.

– Obrigado – Lisandro disse com sinceridade a Robin. – Voltaremos assim que pudermos.

Em seguida, ele e Hérmia dispararam noite afora, partindo na direção dos barulhos altos e das luzes fortes da fronteira, até parecerem apenas corvos pequenos flanando no céu.

Assim que sumiram de vista, Robin se virou para fitar o bebê adormecido, com os lábios ligeiramente entreabertos; o abdômen se movia em meio aos sonolentos respiros. Ela não sabia que os pais voavam em direção ao perigo a fim de que os Moors, uma vez mais, sobrevivessem.

– Continue dormindo, meu amor – ele lhe sussurrou. – Nós cuidaremos de você.

CAPÍTULO 2

ASSIM COMO A MAIORIA DAS NOITES repletas de excitação, aquela se arrastou com lentidão. As fadas na toca não achavam que seria possível dormir em meio aos barulhos aterrorizantes. Tampouco acreditavam que o sol voltaria a despontar para criar uma nova manhã. Contudo, elas adormeceram e o sol nasceu, marcando o início de uma nova alvorada... e de uma nova era. O sol trouxe consigo o coro de pássaros chilreando e uma afobação de atividades na região dos Moors.

– Acabou! – exclamou uma fada-ouriço nas proximidades.

– Acabou! – ecoaram algumas fadas do orvalho sobrevoando.

Robin despertou, assustado. Olhou furtivamente ao redor. Estava sozinho na toca escura. Se fosse qualquer outro dia, ele teria rido com alegria, pensando ter sido envolvido numa brincadeira de esconde-esconde. Em vez disso, entrou em pânico.

– Malévola! Gambás pomposos, onde ela poderia... onde eles podem ter... Malévola! – guinchou ao se apressar para fora da toca.

– Está tudo bem. – Era uma voz tão ressonante quanto o tocar de sinos. Era a voz da sua amiga Sweetpea.

Robin se virou para a direita e viu a bebê Malévola deitada num cesto grande ao lado de um riacho raso. Quatro energéticas fadas da água, Crisith, Lockstone, Walla e Pipsy, estavam lavando os macios cabelos negros, despejando pequenas quantidades de água corrente limpa sobre a cabeça do bebê. Malévola mudou de posição em seu ninho, tentando se esticar na direção delas enquanto Sweetpea e Finch decoravam o cesto com folhas e flores.

– Espalharam a notícia durante a manhã toda – anunciou Sweetpea. – A batalha chegou ao fim. Uma vez mais, os Moors estão a salvo.

– Queremos deixar Malévola pronta para ver Hérmia e Lisandro quando eles voltarem. Tenho certeza de que estarão aqui a qualquer instante – acrescentou Finch, enquanto voava para trás a fim de observar sua obra de arte. Depois voltou para ajustar uma folha que estava deslocada.

Robin se desfez num sorriso e depois explodiu numa risada.

– Duendes de lama gritantes! Eles conseguiram! – Voou até Malévola e fez cócegas em suas bochechas. Ela riu e bateu as mãozinhas, deliciada.

Algumas horas mais tarde, depois que a fada das frutas, Adella, alimentara Malévola com alguns frutos silvestres e Robin fizera algumas rodadas de "Onde está o bebê? Achou!" com ela, Malévola começou a chorar baixinho. Robin não sabia se ela estava em sintonia com a sensação partilhada de desconforto, ou se, por instinto, sabia que havia algo errado. Mas as suas suspeitas foram confirmadas quando uma sentinela gigante lentamente se aproximou deles.

As enormes criaturas de madeira quase nunca vinham para aquela parte dos Moors. Sentiam-se muito mais à vontade nos charcos e levavam seu trabalho como guardas da fronteira muito a sério. Apenas algo de fato importante o traria até ali, ainda mais depois de uma batalha. Conforme a sentinela lentamente se aproximava, com suas passadas largas ecoando e a sombra enorme encobrindo por onde passava, muitas outras criaturas e o Povo das Fadas se agruparam na mesma área.

– O que o traz aqui, Birchalin? – Robin perguntou quando ele se aproximou do grupo. – Quando Hérmia e Lisandro chegarão?

A sentinela suspirou, passando o peso de uma raiz para a outra.

– Lamento trazer más notícias. Quis vir pessoalmente trazê-las, mas agora é muito difícil comunicá-las.

Algumas fadas voaram até o alto e se juntaram ao redor da criatura de madeira. Estavam ao mesmo tempo ansiosas por ouvi-lo e com medo do que ele tinha a dizer.

– Pensei que tivéssemos vencido a batalha – Finch explicou.

– Conseguimos manter nosso lar a salvo dos humanos uma vez mais, pelo menos por enquanto – Birchalin disse com suavidade –, mas sinto dizer que essa vitória veio com um preço. Lisandro e Hérmia foram mortos ontem à noite.

Um coro de arquejos estremeceu a multidão, e Malévola começou a chorar mais forte em seu ninho no chão. Os outros do Povo das Fadas olharam para ela, e uma onda de tristeza pela fada criança os perpassou.

Foi Robin quem se moveu primeiro. Devagar, mas cheio de propósito, ele voou para o lado de Malévola, tocando-a no ombro com sua pequena mão. Um a um, os outros o imitaram: Sweetpea e Finch se postaram aos seus pés e as fadas da água, perto da cabeça; os duendes de lama se ergueram do seu lago para ficarem ao seu lado.

Em seguida, eles a ergueram no ar, voando pela floresta, com Birchalin e as outras criaturas os seguindo, formando uma procissão soturna. Por fim, chegaram ao seu destino, o lugar ao qual todos sabiam que estavam indo sem ter de dizê-lo em voz alta. A Sorveira Brava. Com suavidade, abaixaram Malévola em uma raiz firme, e fachos de luz que atravessavam as folhas criaram um halo ao redor da cabeça dela. Quando se viu acomodada junto à árvore, ela parou de chorar.

Os outros integrantes do Povo das Fadas ficaram voando ao redor dela, formando um círculo protetor. Robin foi o primeiro a falar, repetindo as palavras que dissera horas antes:

— Nós cuidaremos de você.

À medida que os anos passavam, Malévola se transformou numa adorável e feliz fada criança. O Povo das Fadas a criou, com todos cuidando dela, ensinando-lhe seus dons, suas línguas e o seu trabalho, até que ficou evidente que ela não necessitava mais de cuidados. Ela aprendia com rapidez e mostrou ser ativa e independente mesmo muito jovem. Logo as criaturas do Povo das Fadas se tornaram seus companheiros e amigos queridos e não mais seus cuidadores, e ela se certificava de visitá-los durante o dia. Suas visitas prediletas eram aquelas nas quais os outros lhe contavam sobre seus pais.

— Ah, você tem asas iguais às da sua mãe — Sweetpea lhe disse durante um voo matutino. Malévola voou perigosamente junto a ela, sem ainda conseguir controlar suas asas grandes e desajeitadas. Ouvir que suas asas excessivamente grandes cor de ébano eram semelhantes às da mãe fazia com que Malévola corasse de orgulho.

– O seu pai tinha esses mesmos olhos reluzentes – Finch observou enquanto eles andavam pela floresta. Ela se fitou no reflexo da lagoa, prestando maior atenção aos seus olhos brilhantes.

O que Malévola mais gostava de fazer era passar o tempo com seu melhor amigo, Robin. Às vezes inventavam brincadeiras, tentando fazer com que o outro adivinhasse que animais fingiam ser, ou recompensando quem fizesse a careta mais engraçada do dia. Com frequência, ele lhe ensinava como fazer travessuras com as fadas das imediações. Seus ombros estremeciam de tanto rir quando viam a descrença no rosto de uma fada das pedras depois que eles mexiam em pedras recém-acomodadas por ela ou quando as fadinhas ralhavam umas com as outras, sem saber que Robin e Malévola foram os responsáveis por derrubar seus frutos.

Outras vezes, os dois apenas descansavam sentados na Sorveira Brava. Era ele quem melhor conhecera os pais dela e quem lhe contava histórias a respeito deles o tempo todo. Algumas eram bobinhas, outras eram encantadoras, mas elas sempre a faziam sorrir.

– E foi então que apareci debaixo do brejo, arrancando os pirilampos de dentro de Lisandro, ah, foi isso o que fiz.

– Robin explodiu numa gargalhada, relembrando a história, e Malévola se juntou a ele.

– Ah, Robin, seu danado! Justo quando ele estava se esforçando tanto para impressionar a minha mãe. – Ela deu uma risadinha.

– Ele ainda assim a impressionou, mesmo saltando três metros como um bobo assustado.

Depois que o riso deles diminuiu, Malévola tocou no assunto que Robin sempre evitava:

– Robin... você já viu um humano de perto?

Robin franziu a testa.

– Não, menina, nunca vi. Nem quero. Não são nada além de problemas, esses humanos.

Malévola se sentou ereta e falou com mais animação.

– Mas você me disse que os meus pais acreditavam que existiam bons humanos lá fora. Que um dia poderíamos ter um bom relacionamento com eles.

– Acreditavam – concordou Robin. – Mas você sabe o que essa crença lhes custou – ele falou com gentileza, mas também com firmeza. Às vezes era difícil lembrar como Malévola ainda era jovem, como ainda era inocente. – Eles tentam roubar os nossos tesouros, saquear as nossas terras. Chegam até a portar armas feitas de ferro, fazem isso, sim, e esse material queima o nosso povo.

– Mas, Robin, os humanos também são parte da natureza – ela prosseguiu. Evidentemente, vinha pensando bastante a esse respeito. – Sei que existem humanos terríveis. Monstros. Mas também existem fadas e animais malvados por aí, assim como existem dos bons aos montes. Os humanos não podem ser todos ruins.

Robin ficou calado. Não poderia lhe dar a resposta que ela queria. Na verdade, depois daquela noite horrível há vários anos, ele odiava todos os humanos pelo que eles lhes roubaram.

– Não, meu amor – ele disse, dando um tapinha em seu braço. – Eles são. – E, com isso, voou para longe da Sorveira Brava, sem conseguir continuar aquela conversa.

Malévola suspirou e apoiou as costas no tronco da árvore uma vez mais. Talvez Robin não acreditasse, mas ela sim. E sabia que seus pais se orgulhariam dela por isso.

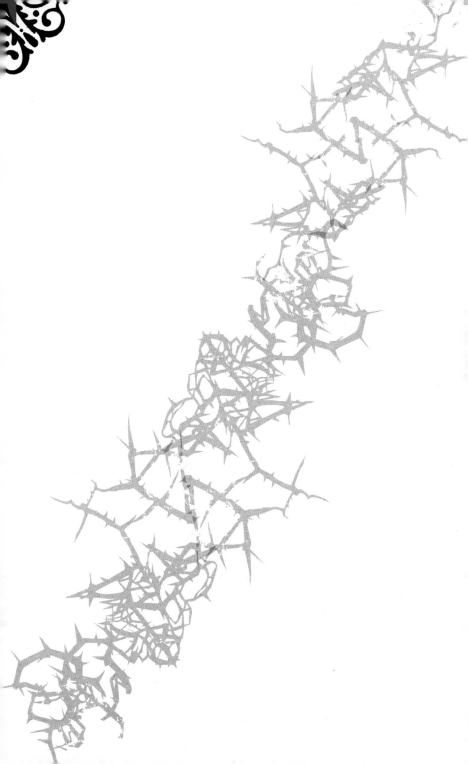

CAPÍTULO 3

DOIS ANOS SE PASSARAM. Todavia, a Sorveira Brava permaneceu praticamente a mesma, com seu tronco retorcido apenas ligeiramente mais escuro devido ao envelhecimento, e seus galhos somente um pouco mais encurvados. Enquanto a árvore não se alterara muito, sua moradora mudara.

Desdobrando as asas, Malévola se ergueu e saiu de baixo da Sorveira Brava. À medida que suas asas a levaram mais alto no céu, ela flanou ao sabor dos ventos, mergulhando e girando com facilidade acima dos Moors. Os dias desajeitados nos quais ela não tivera controle algum haviam terminado. Agora, Malévola e suas asas eram um só corpo. Subindo cada vez mais alto no céu, ela atravessou as nuvens e depois pairou suspensa no ar. Um ar de completa felicidade cobria suas faces enquanto ela se deliciava com o momento. Em seguida, com uma risada, precipitou-se para baixo.

Voou ao longo do rio, a água gorgolejava com jovialidade sobre rochas de vários tamanhos. Assim que ela as viu, um brilho se formou em seus olhos e ela fez um gesto. Abaixo, as rochas começaram a se deslocar de acordo com as indicações mágicas de Malévola. Quando terminou, fez uma pausa para admirar seu trabalho: uma linda cascata.

Com a tarefa completada, ela seguiu em frente, acenando para as criaturas das rochas do rio ao passar por elas.

– Bom dia!

Sobrevoou os duendes de lama, que jogavam lama uns nos outros com alegria. Assim que notaram sua presença, um deles se alegrou, disposto a incluí-la na brincadeira.

– Não, não, não faça isso! – Malévola alertou-o. – Não ouse...

O duende de lama lançou o lodo, mas não acertou em Malévola, e sim em uma fada-ouriço.

– Rá! Passou longe! – Malévola gargalhou, à medida que acenou para se despedir e voou sobre a floresta acima de umas fadas que patinavam sobre a água.

– Bom trabalho, meninas – ela as elogiou. Olhou para trás e viu algumas fadinhas do orvalho que a seguiam. – Ei! Achem as próprias correntes de vento!

Subitamente, Malévola notou Knotgrass, Flittle e Thistlewit acenando para ela de cima de uma pedra. As três fadas sabiam ser vaidosas e frívolas, mas nunca lhe pareceram tão agitadas.

— Para que tanta agitação? – ela perguntou, aterrissando diante delas.

Knotgrass começou a falar rapidamente.

— Malévola, você não ouviu? As sentinelas...

— Por que é você quem vai contar? – Flittle a interrompeu. – Eu quero contar para ela!

— Também quero! – Thistlewit ecoou.

Malévola mudou de posição, entediada com os modos cansativos delas.

— Me contar o quê?

— Malévola, os sentinelas... – Flittle começou.

— As sentinelas encontraram um humano roubando no poço das joias! – Thistlewit disse de uma vez. – Desculpe – disse para as outras fadinhas.

Os olhos de Malévola se arregalaram, e ela disparou pelos céus, com centenas de pensamentos girando em sua cabeça. Um humano. Ali nos Moors. Claro, Robin jamais aprovaria que ela fosse se encontrar com um, mas aquela era a sua chance de ver como era um humano. Sua curiosidade fora atiçada.

Malévola aterrissou numa rocha diante da grande cascata. Duas sentinelas estavam na água e apontavam na direção de umas moitas. Ao se deparar com Malévola, Baltazar a chamou em sua amadeirada língua nativa.

– Não tenho medo – disse Malévola. – Além disso, nunca antes vi um humano de perto. – Ela espiou pela moita e distinguiu a forma de um garoto mais ou menos da idade dela. – O que ele pegou do lago? – Malévola perguntou.

Baltazar emitiu um guincho, respondendo à sua pergunta.

Uma pedra. Ela suspirou.

– Apareça – Malévola ordenou à moita.

– Não! – uma voz fina, porém desafiadora, replicou. – Eles querem me matar. Além disso, são horrorosos.

Baltazar guinchou uma vez mais, dessa vez um tanto ofendido.

– Isso foi extremamente rude! – Malévola o repreendeu. Para Baltazar, ela disse: – Não lhe dê atenção. Sua beleza é clássica.

Malévola se virou uma vez mais para a moita, perdendo a paciência:

– Não é certo roubar, mas não matamos ninguém por conta disso. Apareça. Apareça agora mesmo!

Um garoto vestindo roupas puídas surgiu. Os olhos dele se arregalaram ao ver Malévola.

– Você é ela – ele disse.

Malévola olhou o humano de alto a baixo. Ele tinha mais ou menos a sua altura, o que lhe pareceu pouco para um humano.

– Você já é crescido?
– Não.

Malévola se voltou para Baltazar.

– Aparentemente, é apenas um menino.
– E você é apenas uma menina – o garoto disse. – Eu acho.

Malévola estreitou os olhos.

– Quem é você?
– Meu nome é Stefan. E você, quem é?
– Eu me chamo Malévola. – Ela fez uma pausa, depois perguntou de supetão: – Tem intenção de nos ferir?

Stefan piscou para ela, evidentemente surpreso.

– O quê? Não.
– Então eu o guiarei para fora dos Moors.

Baltazar emitiu outro guincho.

– Sim, certo – Malévola disse. Depois olhou para Stefan. – Você tem de devolvê-la.
– Devolver o quê? – Stefan perguntou.

Malévola trocou um olhar com as sentinelas e suspirou. Ao esticar a mão, encarou Stefan, que gemeu, sabendo ter sido derrotado. Enfiou a mão no bolso, apanhou uma bela pedra e a lançou na direção de Malévola, que apanhou com facilidade a peça que brilhava no ar. Depois a jogou no

Malévola | 41

lago próximo, cuja superfície ondulou. Em seguida, a fada gesticulou para que Stefan a seguisse. Sentiu-se mal pelo humano. Visto que ele não tinha asas, teriam de ir a pé.

– Se soubesse que você ia jogar fora, eu teria ficado com ela – Stefan reclamou.

– Eu não a joguei fora. Eu a devolvi para o seu lar. Assim como vou fazer com você.

Caminharam em silêncio por um tempo, enquanto Malévola conduzia Stefan em meio à floresta até uma clareira. Ao longe, além de campos abertos e vastos, havia um castelo. Malévola olhou para ele, imaginando qual seria a graça de viver dentro de paredes tão altas.

Notando o interesse de Malévola, Stefan disse:

– Um dia, vou morar lá. No castelo.

Malévola não se impressionou.

– Onde você mora agora?

– Num celeiro – Stefan respondeu.

Aquilo sim era algo sobre o qual Malévola gostaria de saber mais.

– Num celeiro? Quer dizer que os seus pais são fazendeiros?

– Os meus pais estão mortos.

Malévola o fitou com interesse. Talvez tivessem mais em comum do que acreditara.

– Os meus também – disse com suavidade.

– Como eles morreram? Por causa da peste? – Stefan perguntou.

– Foram mortos por humanos. Na última guerra. – Ela gesticulou para a floresta. – Agora toda a família que eu tenho está ali.

– Isso é muito triste – Stefan respondeu, franzindo a testa.

– Não, não é – replicou Malévola, de maneira defensiva. – Eles são tudo de que eu preciso.

De repente, Stefan disse:

– Nos vemos qualquer dia.

Malévola suspirou, sabendo o quanto Robin e o Povo das Fadas desconfiavam dos humanos.

– Você não deveria voltar aqui, sabe. Não é seguro.

– Não sou eu quem deveria decidir? – perguntou Stefan, aproximando-se dela.

– Pode ser – ela respondeu.

– E se eu escolher, se eu voltar... você estará aqui? – Ele estava a poucos centímetros de distância dela agora.

Malévola subitamente se sentiu desconcertada e nervosa.

– Talvez.

Stefan ofereceu sua mão, e ela esticou a dela para cumprimentá-lo. De repente, retraiu a mão. Ao abaixar o olhar, viu que o anel dele lhe deixara uma marca vermelha.

– O que aconteceu? – Stefan perguntou, chocado.

– O seu anel é feito de ferro – Malévola explicou, sacudindo a mão para aliviar a dor.

– Desculpe. – Stefan tirou o anel e o atirou bem longe na campina.

Malévola se emocionou. Ninguém nunca fizera algo tão altruísta por ela.

Stefan sorriu e começou a se afastar. Ela o viu se apressar colina abaixo e depois se virar.

– Gosto das suas asas! – exclamou.

Malévola deu um enorme sorriso, um sorriso que se transformou numa risadinha. Ao que tudo levava a crer, seus pais estiveram certos. Nem todos os humanos eram ruins. Apesar disso, ela achava que seria melhor manter aquele encontro em segredo dos outros. Sabia que lhe diriam o quanto é perigoso conversar com um humano.

Ao longe, Stefan passou os dedos sobre outra pedra lisa que tirara do poço e que jazia em segurança dentro do seu bolso.

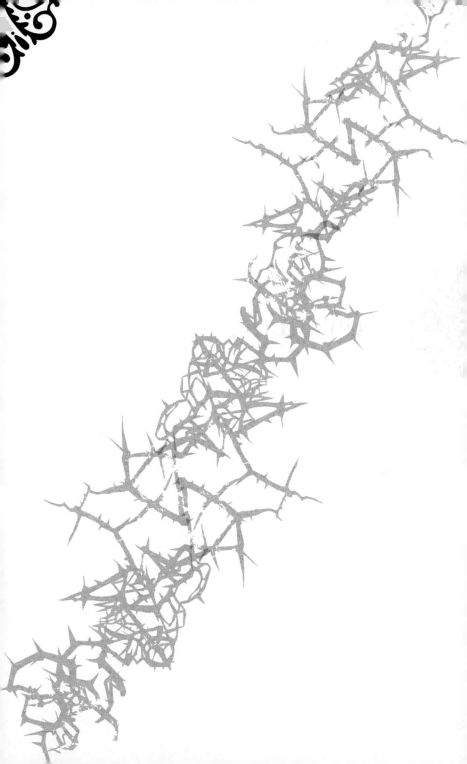

CAPÍTULO 4

UMA SEMANA MAIS TARDE, Malévola voava alto nos céus quando notou uma figura perambulando na clareira da floresta.

Ela sorriu e acelerou, depois pousou com suavidade atrás de Stefan. Ele se virou, assustado com a súbita aparição dela.

– Ora, ora. Veja só quem voltou – ela disse.

– Achei que valeria a pena correr o risco.

Malévola corou no mesmo momento em que um cervo filhote apareceu em meio às árvores.

– Se eu tivesse o meu arco, isso daria um belo jantar – disse Stefan, apontando para o animal.

Escolhendo ignorar o comentário, Malévola caminhou até se aproximar do cervo. Era uma linda criatura. Esticou a mão num cumprimento e se ajoelhou. O cervo aproximou o focinho de sua palma.

– Magia – Stefan sussurrou, observando-os.

– Nada disso. Apenas gentileza – replicou Malévola, corrigindo-o, com o olhar fixo no cervo.

Stefan andou na direção dela e fez com que o animal se afastasse. Levantando-se, Malévola se virou para fitá-lo.

– Quando nos conhecemos, você disse: "Você é ela". O que quis dizer com isso? – perguntou.

– As pessoas a têm visto. Voando. A menina dos Moors que se parece conosco... a não ser pelas asas. – Ele as fitou, evidentemente querendo olhar mais de perto.

Malévola esticou uma das asas na direção dele.

– Você tem certeza? – ele perguntou.

Ela assentiu, e ele tocou a asa com cuidado.

– São bonitas.

– Obrigada – Malévola agradeceu, olhando por sobre o ombro. – Elas são especiais, não são?

Em seguida, Stefan olhou para os chifres de Malévola.

– Eles são afiados? – ele perguntou.

A fada sentiu o rosto ficar vermelho e inclinou a cabeça, subitamente constrangida.

– São majestosos – prosseguiu Stefan. – Essa é a palavra. São de longe os chifres mais majestosos que já vi.

Malévola foi dominada por emoções. Sem pensar, abraçou-o. O corpo dele se enrijeceu; ficou claro que ele não esperava esse tipo de reação, mas logo ela o sentiu sorrir.

– Podemos escolher sermos amigos – apontou Malévola.
– Por que os outros não conseguem?
– Talvez consigam. Talvez nós possamos mostrar para eles.

Dessa forma, Malévola e Stefan se uniram pela esperança de conseguirem a paz, algo que fez Malévola se sentir mais próxima dos pais do que nunca. Stefan ia até a fronteira dos Moors, que se tornara o local secreto deles. Conversavam sobre suas vidas, sobre o futuro deles. Então, no décimo sexto aniversário de Malévola, eles se beijaram – um beijo tão puro, tão honesto, tão real que só podia ser o Beijo do Amor Verdadeiro.

Contudo, conforme os anos se passaram, Stefan passou menos tempo visitando os Moors e Malévola. Estava ocupado cumprindo a promessa de ir morar no castelo, ainda que como criado. Ele parecia menos preocupado em forjar a harmonia entre humanos e fadas, e mais ocupado com sua vida no castelo; uma vida que ele parecia querer manter em particular. Pouco importava quais perguntas Malévola fizesse por estar verdadeiramente interessada, Stefan evitava respondê-las.

Um dia, Malévola flanava nos céus quando viu Stefan próximo a um morro. Fazia semanas desde a última vez em que o vira.

– Stefan – ela o chamou.

– Olá – ele respondeu.

– Olá – Malévola repetiu. De repente, sentia-se pouco à vontade perto dele.

– Por onde você andou? – Stefan perguntou.

– Procurando por você.

– Mesmo?

– Sim – ela respondeu. – Você anda sumido. – Ela se abaixou ao nível dele para receber um beijo. Eles se aproximaram e, por um breve instante, tudo pareceu estar bem novamente.

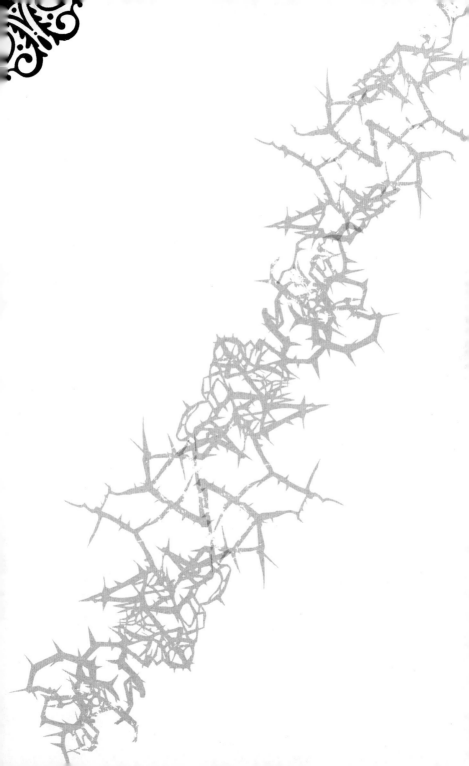

CAPÍTULO 5

MALÉVOLA SE RECOSTOU no tronco da Sorveira Brava, assistindo ao fim de mais um dia. Fazia um mês desde que vira Stefan pela última vez, o maior intervalo de todos. Robin e as outras criaturas do Povo das Fadas perceberam que ela se tornara mais séria e calada, mas ela estava envergonhada demais para admitir que estava um pouco apaixonada, ainda mais por um humano. Distanciou-se deles, visto que preferia ficar sozinha para o caso de se sentir tentada a lhes contar sobre o seu companheiro, ou para o caso de Stefan aparecer de repente.

Quando o sol se pôs, os pensamentos de Malévola também ficaram mais sombrios. Perguntou-se onde Stefan estaria. Se ele estaria bem. Se sentiria saudades dela, mesmo que só um pouco. Por mais que tentasse, Malévola não conseguia se livrar da tristeza que tomava conta dela. Estaria errada por confiar em um humano? E seus pais também estiveram errados? Não pela primeira vez, perguntou-se como teriam sido as coisas caso seus pais estivessem vivos. Conseguia visualizar a cena: voltaria correndo para a Sorveira Brava e encontraria a mãe sentada ali, encostada no tronco aquecido. Malévola choraria e lhe contaria tudo e, então, a mãe a beijaria na testa e lhe diria que tudo ficaria bem. E ficaria mesmo. De alguma forma.

Malévola balançou a cabeça. Era tolice se prender a uma fantasia. Suspirou e se deu um sacolejo mental. Tinha que se livrar da melancolia. Talvez fosse bom ver o que Robin estava aprontando. Ele sempre foi bom em animá-la.

De repente, houve um som forte como o de um trovão. Olhando na direção do precipício, Malévola emitiu um arquejo. Estivera tão entretida nos próprios pensamentos que não notara a aproximação de um exército, que vinha avançando na direção dos Moors com o estandarte do Rei Henry tremulando ao vento. Seu coração disparou dentro do peito. Estava acontecendo de novo. Outra guerra. Rapidamente, Malévola alçou voo.

54 | Malévola

Nos campos próximos à fronteira dos Moors, o rei Henry se dirige ao seu exército, montado em um cavalo. Henry era um homem que passara de seu auge havia tempo. A barba era grisalha, e o cabelo ondulado estava rareando. A cintura engrossara com o passar dos anos, e os dedos doíam por conta da artrite. Apesar disso tudo, ele se sustentava com orgulho, confortável em sua armadura. Aquela não era a primeira vez que ele entrava em uma guerra. Um reino é tão forte quanto o rei em seu trono, e Henry provara, mais vezes do que conseguia contar, a sua força.

Contudo, aquele dia era diferente. Havia mais em jogo do que antes. As terras dos Moors eram vastas e, segundo todos os relatos, repletas de riquezas inimagináveis. Havia recursos naturais, tal como água fresca e uma vasta floresta. E havia boatos de que os riachos estavam repletos de joias. Assumir o controle dos Moors tornaria o seu reino muito mais poderoso.

Essas, porém, não eram as razões pelas quais Henry estava agora diante do seu exército na fronteira dos Moors. O motivo pelo qual o rei partia para a guerra era que os Moors representavam uma imensa ameaça. As criaturas que ali viviam tinham magia. E não havia como saber o que eles poderiam, um dia, fazer com tal magia. Portanto, Henry queria destruí-los. E se a consequência da referida destruição fosse o acesso às terras ricas, tanto melhor.

Enquanto sua montaria se agitava debaixo dele, Henry apontou para trás de si.

– Lá estão eles – começou a discursar. – Os misteriosos Moors. Ninguém se aventura lá por medo das criaturas mágicas que ali se escondem. – Fez uma pausa, percorrendo a multidão com o olhar à procura de sinais de fraqueza e de medo. Vendo apenas um punhado de homens que pareciam prestes a recuar, ele prosseguiu: – Bem, eu lhes digo... vamos esmagá-los.

O exército emitiu um grito alto. Encorajado, o rei Henry alongou seu discurso incentivador.

– Não tememos as criaturas "mágicas"! – exclamou. – Temos espadas! – Os homens brandiram suas armas no alto e soltaram outro grito. – Vamos invadir os Moors e matar qualquer um que se intrometer no nosso caminho!

Fez um sinal, e os homens avançaram. Os primeiros a chegarem ao pé do monte coberto por neblina começaram a subir, e o chão tremia sob suas passadas pesadas. Logo pararam subitamente.

Do outro lado da colina, duas enormes asas pretas apareceram em meio à nevoa, seguidas de um par de chifres pontudos e retorcidos. Lentamente, Malévola se ergueu no ar, assemelhando-se a uma criatura saída do inferno. Atrás dela, só havia neblina. Nenhum exército ao seu lado. Nenhuma fada nem outro tipo de criatura. **Apenas Malévola.**

Por um momento, Henry se mostrou preocupado. Estivera preparado para atacar os Moors de surpresa. E a criatura pairando diante dele era *um tanto* assustadora, mas ele logo sorriu. Parecia haver apenas uma.

– Não avancem – Malévola avisou, parecendo mais corajosa do que se sentia.

O rei Henry deu um sorriso de escárnio ante a audácia dela.

– Um rei não aceita as ordens de um ser alado.

– Você não é um rei para mim.

Henry gritou para as tropas.

– Tragam-me a sua cabeça!

Uma vez mais, o exército se pôs em marcha, e o som dos cascos se misturou aos das armaduras. À medida que Malévola os via se aproximar, seu coração retumbava dentro do peito. Não conseguia deixar de pensar no que seus pais deviam ter visto e sentido em seus momentos finais, mas ela faria de tudo para proteger os Moors, assim como eles fizeram. Erguendo ainda mais as asas, emitiu um grito ensurdecedor e começou a voar para a frente.

Então ela sentiu uma onda de magia vindo de trás de si. Virando-se, viu um exército maligno se aproximar. Eles se agarraram e surgiram colina acima. Algumas das criaturas tinham escamas, outras, pés virados para trás, enquanto outros ainda tinham asas de couro. Alguns grunhiam, outros babavam como cães de caça doentes. Havia os que andavam erguidos e os que se arrastavam em quatro patas. Todos, porém, tinham uma coisa em comum: queriam proteger o seu lar. E haviam defendido aquele lugar das invasões humanas muitas vezes.

Enquanto a miscelânea de criaturas se aproximava, Malévola quase chorou de alívio. Estivera com tanto medo de não estar à altura da ocasião para lutar nas linhas de frente se isso acabasse acontecendo. Mas agora ela tinha o seu exército, que, sem dúvida, apressara-se para ajudá-la quando soubera da situação, e ela se sentia mais valente com as criaturas na sua retaguarda. Tornara-se sua líder improvisada. E estavam prontos. Dando um sinal, ela observou quando eles começaram a atacar com ferocidade.

Confiante de que as criaturas cuidariam do exército, Malévola mirou no rei Henry. Assim que vira o exército dos Moors, ele virara o cavalo para voltar para casa. No entanto, Malévola não pretendia deixar que o rei fugisse com tanta facilidade. Ele era um dos humanos monstruosos. Do tipo que Robin a alertara a respeito. Do tipo que vinha para destruir tudo o que ela mais apreciava para o seu ganho próprio. Do tipo que matara seus pais. Com sua fúria aumentando, ela voou atrás dele.

Só levou um momento para alcançar Henry. Do alto, ela bateu as asas sobre o rei até ele cair do cavalo, então aterrissou e se assomou perto dele.

– Você não terá os Moors nem hoje, nem nunca! – ela esbravejou, fazendo a voz ecoar.

Assustado e tentando se proteger de Malévola, o rei ergueu a mão coberta pela armadura. Ao fazer isso, o ferro resvalou no rosto da fada.

Ela arquejou e ergueu a mão para o rosto. Sua pele ardia dolorosamente no local em que o ferro a tocara.

Notando que sua inimiga estava distraída, o rei Henry cambaleou sobre seus pés e se afastou aos tropeções, a respiração chiada revelando sua dor. À sua volta, o restante do exército também batia em retirada, correndo o mais rápido que podia daquelas terríveis criaturas.

Suspirando, Malévola fez um sinal, e seu exército cessou o ataque. Ela viu mais rostos conhecidos naquele meio. Baltazar assentiu para Malévola, e ela retribuiu o gesto, esperando com isso demonstrar a gratidão que sentia. Robin, ainda que abalado, parecia indiscutivelmente orgulhoso dela. Ela inclinou a cabeça e se afastou voando, temendo que, caso ele a observasse mais atentamente, deduzisse que ela vinha passando tempo com um dos humanos que ele desprezava, mesmo que aquele humano parecesse ser bom.

Ao regressar para os Moors, Malévola ficou sozinha com seus pensamentos. Um ataque humano. Poderiam ter esperanças de que aquele seria o fim daquele assunto? Que a paz ainda podia ser possível? Como desejava poder conversar com Stefan. Talvez pudessem formular um plano para forjar algum tipo de trégua entre as fadas e os humanos. No entanto, uma ideia perturbadora interrompia seus pensamentos: e se Robin estivesse certo? E se todos os humanos se unissem contra eles? E se Stefan tivesse se bandeado para o lado do rei Henry?

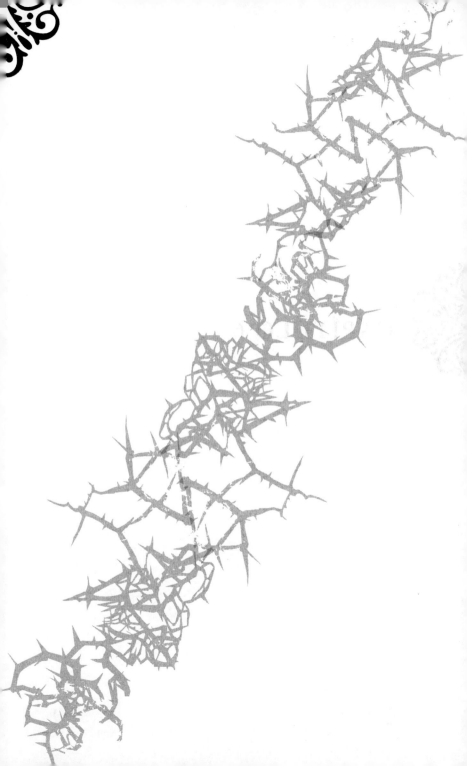

CAPÍTULO 6

O REI ESTAVA DEITADO NA CAMA rodeado por dúzias de conselheiros e generais. De uma alcova, Stefan observava a cena enquanto acendia os candelabros. Teve que se inclinar para mais perto para poder ouvir o que o rei estava dizendo.

– Quando subi ao trono, prometi ao povo que um dia tomaria os Moors e os seus tesouros. E cada um de vocês jurou lealdade a mim e à minha causa. – Começou a tossir violentamente, salivando ao tentar se sentar mais ereto. Stefan trouxe um travesseiro e o colocou atrás do rei.

– Derrotado na batalha – o rei prosseguiu como se não tivesse havido nenhuma interrupção. – É esse o meu legado? Vejo que estão esperando a minha morte. Não terão que esperar muito tempo. Mas, e depois? Quem governará? A minha filha? Ou talvez eu escolha o meu sucessor.

Os outros homens suspiraram audivelmente. Um deles, ser o rei? Todos ajeitaram um pouco a postura.

– Mas quem dentre vocês merece? – Os olhos reluziram com uma centelha de raiva. – Matem-na! Matem a fada e me vinguem. Depois da minha morte, um de vocês ficará com a coroa!

Stefan recuou da cama silenciosamente, sabendo que, como criado, ninguém notaria a sua ausência. Uma vez do lado de fora dos aposentos do rei, arquejou, apoiando as palmas nos joelhos. Sabia o que tinha que fazer.

– Malévola? Malévola? – Stefan chamou. Fazia muito tempo desde que ele estivera no local secreto deles, que estava tão belo e sereno como sempre fora.

Malévola aterrissou com suavidade atrás dele. Ele virou-se, surpreendido. Quase riu, pensando que já deveria estar acostumado às aparições dela a essa altura.

Ela o observou calada por um momento, tentando avaliar se ele havia mudado. Era como se ele nunca tivesse partido. Ainda vestia as roupas velhas e tinha um cantil junto ao corpo. Mas Malévola estava ainda mais forte depois de vencer a batalha, ciente dos seus poderes e da sua autoridade, da sua habilidade para proteger seus amigos e seu lar. Fora lembrada do passado bélico dos Moors, e por que os outros desconfiavam tanto dos forasteiros.

Naquela hora, não conseguiu deixar de sentir um friozinho no estômago ante o rosto conhecido e acolhedor. Tentando deixar a sensação de lado, aprumou os ombros e ergueu uma sobrancelha perfeitamente bem arqueada.

– Como anda a vida com os humanos? – perguntou.

Ele encarou o chão, evidentemente constrangido.

– Eles são horríveis – disse, depois de um instante. – E não vão parar. Eles querem matar você. – Levantou o olhar para fitá-la.

Malévola ouviu com atenção. Um dia amara aquele humano profundamente. Agora já não sabia se podia confiar em Stefan.

– Quando nos conhecemos, você me disse para nunca voltar para cá. Mas voltei, e lhe disse que o risco valia a pena. – Ele afastou o cabelo do rosto dela. – Ainda vale. Tomei uma decisão.

Aproximando-se da fada, sussurrou:

– O meu lugar é aqui. Se você me aceitar.

Malévola relaxou, comovida pelas palavras dele. Abraçou-o como fizera no dia em que se conheceram, e sentiu que uma vez mais tudo estava certo.

Um pouco depois, estava aninhada nos braços de Stefan. Suas asas os envolviam como um cobertor quente, e conforme o crepúsculo se transformava em noite, continuaram a rir e a conversar. Era uma ocasião alegre. Ela amava e era amada, e por um humano ainda por cima. O objetivo dos pais de obter a paz entre as raças fora alcançado por ela. E agora ela e Stefan podiam viver juntos nos Moors. Agora existia a esperança de paz para todos. Mal podia esperar para apresentá-lo a Robin e aos outros. Provavelmente demoraria um pouco para se acostumarem, mas dando tempo ao tempo, todos aprenderiam que uma aliança com os humanos era possível e poderia até mesmo proteger os Moors de ataques futuros.

Sorrindo, estendeu a mão e aceitou beber do cantil de Stefan. Depois, fechando os olhos, começou a pegar no sono. O último pensamento antes de adormecer foi o de que talvez, apenas talvez, acabaria encontrando o seu "feliz para sempre".

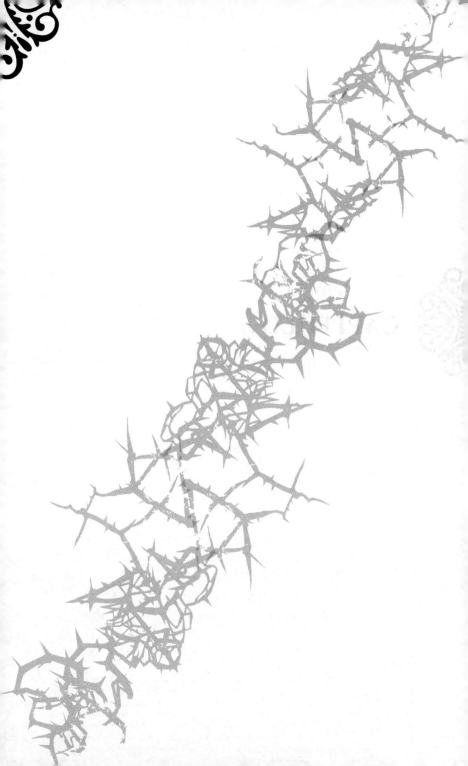

CAPÍTULO 7

MALÉVOLA DESPERTOU AO AMANHECER, com uma dor absurda nas costas. Gemendo, sacudiu a cabeça. Sentia-se tonta e confusa, e a balançou uma vez mais, tentando fazer com que aquela sensação estranha desaparecesse. Mas quando sua mente ficou clara, a dor voltou redobrada. Olhando para onde Stefan estivera, percebeu que ele havia sumido. E, então, levando a mão às costas, percebeu que suas asas também haviam sumido e tudo o que restava onde elas costumavam estar era uma ferida longa e cauterizada. No chão perto dela, havia uma corrente de ferro com algumas penas pretas presas nos elos.

Choque e horror tomaram conta de Malévola assim que percebeu o que acontecera. Fora traída. Stefan levara suas asas. Mentira para ela. Roubara seu coração e suas asas. Malévola soltou um urro de angústia à medida que a dor da perda tomava conta dela. *Por quê?*, gritou silenciosamente. *Por que ele faria isso?* Abaixando a cabeça entre as mãos, ela começou a soluçar, pois sabia a resposta. Sempre soubera, bem no íntimo. Stefan amava o mundo dele, amava a raça dele, mais do que jamais poderia amá-la. Levara suas asas para provar ao maldito rei Henry que ele era leal, mesmo sendo desleal a ela.

Como pudera ser tão cega? Humanos mataram seus pais. Humanos atacaram seu lar repetidas vezes. Um humano arruinara a sua chance de ter uma vida feliz. Deveria ter dado ouvidos a Robin. Os humanos não são confiáveis. Levara-os até ali ao se tornar amiga de um e agora estava pagando o preço. Não merecia viver ali com os outros.

Naquele instante, uma parte sua morreu. A parte que acreditava na alegria, na esperança e na paz. A parte que acreditava no amor. Essa parte se foi para sempre. Stefan cuidara para que isso acontecesse.

— Eu o vinguei, Majestade — Stefan anunciou próximo ao arfante rei Henry. Stefan estava satisfeito por não ter chegado tarde. Apanhando o saco, revelou as asas de Malévola. Henry o encarou, pasmo.

– Ela foi morta. Você agiu bem, filho – ele murmurou.

– Você fez o que outros deixaram de fazer. Será recompensado.

Stefan ficou radiante. Finalmente conseguira. Superara sua condição social de órfão pobre para se tornar grandioso.

– Darei o melhor de mim para ser um sucessor de valor, Majestade.

– Sucessor? Você? – Henry o encarou, surpreso.

– Conforme o seu decreto.

O rei se permitiu gargalhar.

– Você? O seu sangue não merece. Você é um criado e nada mais. Sequer sei o seu nome!

O rei continuou a rir com vontade, o que se transformou em uma série de tossidas.

Stefan se virou, sem conseguir acreditar no que estava ouvindo. Não fizera o impensável apenas para ser repudiado. Caminhou com determinação até o outro lado da cama e, furioso, apanhou um travesseiro e o forçou sobre a cabeça do rei.

– Meu nome é Stefan.

CAPÍTULO 8

DEITADA NO BARRANCO DO RIO que ainda no dia anterior lhe parecera lindo, Malévola permitiu que a escuridão se apossasse do seu coração. Ficou deitada por horas, sentindo ocasionalmente o movimento das asas fantasmas. Queria ficar ali até seu coração parar de bater. Não restava mais nada para ela naquele mundo cruel. Por isso, fechou os olhos e esperou pelo fim.

Mas o fim não chegou. Quando mais uma noite caiu, Malévola despertou lentamente, ciente dos sons da natureza ao seu redor. Mantendo os olhos fechados, ouviu as árvores se agitando acima dela e gemeu. As árvores, porém, apenas fizeram mais barulho, como se tentassem acordá-la. Os galhos começaram a se mexer com raiva, e a madeira rangia e gemia.

Abrindo os olhos, Malévola viu as árvores se sacudirem. Sabia que tentavam ajudá-la, mas não se importou. Enfiando a mão em seu manto, apanhou um galho quebrado da Sorveira Brava, um pedaço de seu lar que sempre carregava consigo. Com um suspiro, deixou-o cair no chão.

Para a sua surpresa, o galho começou a se endireitar. E depois começou a crescer. Ficou mais comprido e mais grosso até ficar do tamanho de um bastão. Quando Malévola o segurou, seus dedos o envolveram. Ela sentiu uma onda de força e, apesar da sua infelicidade, começou a se levantar. Ao ficar de pé, apoiou-se no bastão. Ele era forte e sustentava bem o seu peso.

Interessante, pensou ao manquejar adiante. A cada passo dado, sua resolução se firmava. Era verdade, Stefan roubara suas asas. Também era verdade que partira seu coração. Mas ela ainda tinha sua magia. E agora tinha algo ainda mais forte. Ela tinha uma missão. Faria com que Stefan e os humanos pagassem pelo que fizeram.

Malévola perambulou pelos campos, e por onde ia, a destruição e o caos a seguiam. Quando passou pelo cercado de um pastor, a porta magicamente pendeu, e um rebanho de ovelhas escapou, espalhando-se em todas as direções, os balidos lentamente diminuindo conforme elas se distanciavam pelos bosques adjacentes. O céu escureceu e as nuvens trovejaram. À medida que ela passava pelos campos de uma fazenda, um corvo gralhou, e as rodas de uma carroça ali perto caíram. Movendo-se pela estrada, pedras e escombros voaram pelos ares. Ela sorriu com maldade ao apontar para um monte de feno ao longe, e ele pegou fogo, as chamas queimando altas no céu.

A cada passo dado, Malévola se fortalecia, e a cada ato de destruição, ela ficava mais intensa e determinada. Apoiou-se cada vez menos no bastão até que, por fim, já não precisava mais dele. Ainda assim, ela o manteve, relutante em abandonar a última parte da sua vida antiga.

Depois de perambular por algumas semanas sem um destino em mente, Malévola se viu diante das ruínas de um castelo abandonado há muito tempo. Ninhos de pássaros substituíram os painéis de vidro nas muitas janelas. Paredes inteiras da imensa construção haviam caído, e apenas alguns prédios externos ainda tinham telhado. O musgo recobria as paredes e o piso, conferindo ao lugar uma atmosfera verde e baça, e onde antes cavalos comiam feno em baias, nada restava a não ser alguns baldes vazios e apodrecidos. Contudo, conforme Malévola avançava em meio às pedras quebradas e ao redor da madeira caída, ia se sentindo em paz. Aquele lugar era como ela. Deixado para apodrecer e se arruinar. E, assim como ela, ele se sustentou ainda que alquebrado. Deitando-se na grama que crescera no meio das ruínas, Malévola olhou para as gárgulas de pedra empoleiradas no teto. Elas retribuíram o olhar, as bocas congeladas em caretas que Malévola considerou estranhamente reconfortantes.

Ouvindo uma batida de asas, Malévola viu quando um corvo grande voou para dentro do castelo. O pássaro carregava um pedaço de espiga de milho no bico. Pousando no chão, a ave largou o milho e começou a se alisar, evidentemente orgulhosa do seu prêmio. Enquanto a criatura bicava a comida, Malévola o fitava com tristeza. As asas negras do pássaro a lembravam daquelas que perdera e desejou, não pela primeira vez, que nunca tivesse permitido que as levassem.

Quando o pássaro se afastou voando, Malévola suspirou e se levantou. Não adiantava desejar coisas que nunca poderiam acontecer. Já fizera isso antes e acabara sendo magoada. Tinha que se concentrar nas coisas reais que podiam ser feitas. Como transformar aquele castelo abandonado no seu lar.

Nos dias seguintes, Malévola se ocupou com o castelo. Não havia muito que podia fazer para reconstruí-lo, mas pelo menos ela podia tentar deixar algumas partes habitáveis. Ela não precisava de muita coisa, apenas de um lugar para ficar seca e protegida de quaisquer humanos bisbilhoteiros. Tendo sede em virtude de seus esforços, seguiu para o riacho mais próximo mas, quando se inclinou para beber, ouviu o grasnar assustado de um pássaro em algum lugar perto. Silenciosamente, abriu caminho entre os juncos altos que ladeavam o riacho e espiou através deles, ajoelhando-se para se esconder de vista.

Do lado oposto, viu o corvo que a visitara nas ruínas preso sob uma rede grossa. Dois fazendeiros se aproximavam com tacos nas mãos e cachorros ao lado. Os cães rosnaram para o corvo, fazendo com que a criatura batesse as asas freneticamente. Mas ele não tinha por onde escapar.

Sentindo a fúria conhecida em relação aos humanos cruéis crescendo dentro de si, Malévola acenou.

– Vire um homem – ordenou.

Houve um tremular de magia e, bem diante dos olhos chocados dos fazendeiros, o corvo se transformou num homem. Livrando-se da rede, o homem-corvo se equilibrou desajeitadamente.

– É um demônio! – um dos fazendeiros exclamou.

Os dois homens se viraram e dispararam, sendo seguidos pelos cachorros logo atrás.

Quando teve certeza de que tinham ido embora, Malévola se levantou. Seu olhar pousou no pássaro que ela transformara. Como homem, ele era alto, com sedosos cabelos negros e olhos escuros que disparavam procurando ao redor. Por mais que a forma humana não fosse a sua primeira escolha, pelo menos salvara a criatura.

Vendo a fada, o homem-corvo inclinou a cabeça.

– O que fez comigo? – perguntou, apontando para o corpo, evidentemente infeliz com sua forma atual. Sua voz era surpreendentemente rica e melódica para alguém desacostumado a ter o poder da fala.

– Preferiria que eu os deixassem surrá-lo até a morte? – Malévola perguntou.

O homem-corvo suspendeu os braços desprovidos de asas no ar.

– Não tenho certeza – respondeu ele.

– Pare de reclamar – disse Malévola ao começar a andar ao redor dele, avaliando-o com lentidão. Tinha que admitir que ele não era feio de se olhar, mesmo para um humano. Poderia ter criado algo muito pior. – Salvei a sua vida.

Incomodado com o olhar penetrante, o homem-corvo mudou o peso sobre os pés.

– Perdoe-me.

Malévola assentiu.

– Como posso chamá-lo?

– Diaval – ele respondeu. – E em troca de ter salvado minha vida, serei seu criado. Farei tudo o que desejar.

Tudo o que eu desejar?, Malévola ponderou. Bem, isso era uma guinada interessante. Havia tantas coisas que ela desejava e tantas coisas que poderia usar. Então, um sorriso se formou lentamente em seu rosto. Havia *uma coisa* de que ela precisava mais do que tudo.

– Asas – ela disse, assentindo. – Você será as minhas asas.

CAPÍTULO 9

STEFAN OBSERVOU O AMBIENTE ao se sentar ereto no seu novo trono. O cômodo ornamentado era o retrato da realeza com suas molduras detalhadas, suas tapeçarias penduradas, seu pé--direito alto. Embora estivesse ali para ser coroado rei, não conseguia deixar de se sentir deslocado, como se o pequeno grupo de conselheiros, o corvo empoleirado do lado de fora de uma das janelas, e até mesmo a própria sala do trono o estivessem julgando e soubessem que ele não tinha o direito de estar ali.

Sentiu uma mão pequena na sua e olhou para a sua nova esposa, Leila, sentada ao seu lado. Ela era adorável. Seus olhos gentis como os de um cervo se depararam com os seus, e Stefan imediatamente se lembrou daquela tarde nos Moors há muito tempo, quando Malévola domesticara um cervo filhote com sua gentileza, tão à vontade com a beleza natural ao seu redor. Leila não se parecia em nada com Malévola: suas madeixas eram douradas e encaracoladas, e não negras e lisas; seus olhos eram calorosos e azuis em vez de verdes e penetrantes. Todavia, ele sentia dentro dela a mesma gentileza e boa vontade em confiar que vira em Malévola em seu primeiro encontro.

Uma onda renovada de culpa subiu-lhe pela garganta, e ele a engoliu, forçando-se a se concentrar na tarefa diante de si. Só fizera o que fora necessário, para o seu futuro e o dela. Outro homem em busca da coroa a teria matado. Além disso, isso já estava concluído. De nada servia reviver os eventos em sua mente. Aquele era o momento pelo qual vinha esperando por toda a sua vida. Não permitiria que nada o destruísse.

A coroa pesada finalmente foi posta em sua cabeça. Ele sorriu. Depois pigarreou.

– A ausência do rei Henry será sentida – Stefan anunciou para o grupo de conselheiros diante dele. – Sinto-me honrado que seu último decreto me tenha dado esta coroa, este trono.

Dois conselheiros resmungaram e trocaram um olhar sugestivo. Stefan sentiu o calor subir ao seu rosto.

– O que vocês têm a dizer? – ele questionou.

Os conselheiros ficaram calados, olhando para Stefan com nervosismo.

– Duvidam de mim? – prosseguiu Stefan, levantando a proclamação que o nomeava como sucessor de Henry. Trouxera-a consigo só para o caso de haver problemas. O selo do rei Henry reluzia na sala iluminada pelo sol.

– De punho próprio. Porque eu o vinguei – afirmou com tanta determinação que ele mesmo quase acreditou que Henry o tivesse de fato nomeado seu sucessor e colocado seu selo na proclamação.

Na verdade, Stefan a preparara pouco depois que o rei deixara de se debater contra o travesseiro. Stefan erguera a mão sem vida de Henry e pressionara o anel de sinete contra a cera mole, garantindo seu futuro, acreditando de todo o coração que merecera isso porque ninguém mais teve a coragem de fazer o que ele fizera.

– Por isso, pergunto-lhes uma vez mais e aconselho que respondam com cautela – continuou Stefan, sua voz ecoando com poder agora. – Duvidam de mim?

Um dos conselheiros que antes havia resmungado respondeu rapidamente:

– Não, Majestade.

Satisfeito, Stefan se recostou no trono. Inspirou e olhou de relance para a rainha Leila, percebendo encorajamento naqueles olhos calorosos.

— Darei seguimento ao legado do rei Henry, e ele viverá através de sua filha, hoje minha esposa, e dos filhos que teremos.

Subitamente, houve uma comoção nos fundos da sala. Três pequenas fadas conversadeiras voaram cômodo adentro, interrompendo o discurso.

— Lindos tetos arqueados! — observou Thistlewit.

— Pouco importa que sejam arqueados, eles aqui têm teto! — Knotgrass replicou.

— E vestidos reais! — disse Flittle, olhando para o vestido esvoaçante da rainha. — É o paraíso!

As fadas voaram diretamente na direção de Stefan, pairando diante dele. Ele mudou de posição, pouco à vontade. Criaturas dos Moors ali no seu castelo. Ficou imaginando se Malévola enviara aquelas tolas aladas. E o que elas poderiam querer?

— Quem são vocês? — perguntou.

Knotgrass fez um pequeno floreio no ar.

— Saudações, Vossa Majestade — cumprimentou-o. — Sou Knotgrass, do Povo das Fadas dos Moors.

Sem querer ser deixada para trás, Flittle voou para mais perto.

— Sou Flittle, Vossa Realeza. — Depois cutucou Thistlewit.

— E eu sou Thistlewit, Vossas Altezas Reais. — A menor das três fez a mesura mais baixa que conseguiu enquanto voava.

– Por que estão aqui? – Stefan exigiu saber.

Knotgrass se virou para Flittle.

– Conte a ele, Flittle.

– Por que você não conta? – Flittle perguntou.

Stefan grunhiu com impaciência.

– Argh! Vocês são impossíveis. – Knotgrass lançou as mãos para o alto. Depois, para Stefan, ela disse: – Se Vossa Graça permitir, gostaríamos de morar aqui. Estamos pedindo asilo.

Stefan piscou surpreso. Não sabia o que esperava ouvi-las pedir, mas aquilo com certeza não era.

– Asilo? Por quê?

– Não gostamos de guerras – Thistlewit explicou.

– E vocês têm teto! – Flittle apontou para o objeto da discussão.

– E, pelo visto, gostam de brincar de trocar de roupa – acrescentou Thistlewit, apontando com a cabeça para a rainha Leila, que lhe devolveu o sorriso.

Knotgrass tentou controlar a conversa.

– Temos uma forte sensação de que a escuridão se abate sobre os Moors.

Stefan absorveu essa informação, sabendo muito bem o que causara essa mudança no lugar que um dia adorara visitar. A culpa surpreendente começou a ressurgir. Uma vez mais, ele a abafou, convencendo-se de que estivera certo em agir daquela maneira. Aquela era a vida que ele deveria ter, uma pela qual se esforçara muito para conseguir. Qualquer um que se colocasse em seu caminho não era nada além de um obstáculo a ser superado.

– E é muito úmido e embolorado lá – Thistlewit acrescentou.

– Na verdade, muito abafado – disse Flittle, corrigindo-a. – E cheira mal. Aqui não. Aqui é fresco como o bumbum de um bebê. – Inspirou fundo só para enfatizar o que dissera.

– O bumbum de bebê que desejamos para você e a sua rainha. Desejamos que um bebê logo agracie a sua família – disse Knotgrass.

Em rápida sucessão, as outras duas fadinhas acrescentaram essa nova informação na conversa.

– Mas não é um desejo qualquer. Nós temos magia!

– E somos muito boas com crianças!

Leila sorriu amplamente e olhou para Stefan. Seu olhar se suavizou. Ele sabia que a presença das fadas a deixaria contente.

Com um gesto, ele as dispensou.

– Muito bem. Podem ficar.

As fadinhas fizeram uma mesura e se afastaram voando, comemorando alto.

– Chega de brejos! – exclamou Thistlewit.

– Eu escolho o quarto primeiro! – Knotgrass anunciou.

– Que cheiro é esse? – acrescentou Flittle, fungando o ar que, para ela, já não tinha o perfume atraente do bumbum de um bebê.

Do lado de fora, o corvo paciente gralhou e alçou voo, pronto para retornar para a sua dona.

CAPÍTULO 10

COM DIAVAL SENDO SEUS OLHOS e seus ouvidos, Malévola já não estava mais no escuro. Um agito de sua mão e ele se transformava de novo em corvo, possibilitando-o de sobrevoar os campos com facilidade e obter notícias do reino.

Voltando para casa depois de seu primeiro voo até o castelo, Diaval diminuiu a velocidade nas ruínas. Assim que Malévola o transformou novamente num humano, ele começou a lhe contar as novidades de que tomara conhecimento.

– Minha senhora, Henry está morto. Aparentemente, ele decretou que Stefan o sucedesse – Diaval relatou a Malévola.

Uma expressão sofrida atravessou as feições dela. Assim que a informação foi absorvida, Malévola cerrou o punho, cravando as unhas compridas na palma da mão. A verdade da traição de Stefan agora era clara como água.

— Agora ele será o rei! Ele fez isso comigo para se tornar rei! — Ficava furiosa que a traição dele continuasse a surpreendê-la. Como não percebera que isso aconteceria? Ele era como qualquer outro humano, tentando roubar para possuir mais. Mais riquezas, mais terras, mais poder. Emitindo um grito agudo, ela levantou o bastão, lançando um raio no céu escuro.

— E agora, minha senhora? — Diaval perguntou.

Com a fúria aplacada pelo momento, Malévola abaixou o bastão, arfando exausta pelo esforço. Fora uma tola ao pensar que os problemas com os humanos haviam terminado. A história se repetia de novo. Era apenas uma questão de tempo até que Stefan e seu exército chegassem aos Moors. Ele sabia mais do que Henry sobre as riquezas que existiam ali. E isso significava que era hora de Malévola voltar para casa.

Malévola e Diaval chegaram à bela Colina das Fadas, no meio dos Moors, enquanto anoitecia. As plantas estavam frágeis e escurecidas, evidentemente subnutridas; os riachos deixaram de correr, e a água se acumulou em poças sujas; muitas das criaturas jaziam deitadas desanimadas. A energia no ar parecia ter sido sugada. Ficou claro que o mundo das fadas começara a definhar nas semanas em que Malévola estivera ausente e agora estava em condições precárias. Isso tudo, porém, estava prestes a mudar.

Andando adiante, Malévola chegou à Colina. Sobre um ombro, Diaval, como corvo, grasnava nervoso quando as fadas ao redor começaram a sussurrar:

– As asas dela! – uma disse a outra.

– Sumiram! – uma fada do orvalho sussurrou audivelmente.

Malévola as ignorou, deslizando até o meio da Colina com um olhar empedernido. Galhos secos subitamente se ergueram do chão, retorcendo-se como cobras. Eles formaram um trono alto atrás de Malévola, e ela se sentou nele enquanto mantinha o olhar fixo adiante.

O Povo das Fadas percebeu o olhar frio dela, a autoridade da sua presença. Mal era reconhecível. Instintivamente, curvaram-se diante dela, tremendo de medo. Os Moors agora tinham uma líder autoproclamada.

Do lado oposto do bosque, Robin observava a cena, pairando sobre um arbusto. Queria voar para o lado de Malévola, para confortá-la, para lhe contar uma das piadas antigas, para fazer com que o rosto dela se crispasse com um sorriso familiar. Mas ele sabia que isso seria inútil. O que quer que ela tivesse vivido mudara-a por completo.

A única coisa que ele e os outros do Povo das Fadas podiam fazer agora era ficar fora do caminho dela. Lágrimas se empoçaram nos olhos brilhantes dele conforme ele se afastava da cena. Perdera Hérmia e Lisandro havia muito tempo. E agora ele sentia como se tivesse perdido Malévola.

Durante o ano seguinte, Malévola mal notou que os outros do Povo das Fadas pareciam cautelosos com ela. Ela passara grande parte do seu tempo sozinha ou com Diaval, a quem ela enviava em missões quase que diárias para o castelo a fim de que trouxesse qualquer novidade, ouvindo tudo a respeito da nova vida de Stefan como rei e da sua bela esposa, a filha do rei Henry. Malévola precisava de todas as forças para suprimir a exasperadora onda de dor dentro dela. Tinha coisas mais importantes em que pensar, como, por exemplo, no bem-estar dos Moors e no que Stefan faria assim que se estabelecesse no castelo. Enquanto ela fazia tudo o que podia para manter os Moors à salvo e trouxera algo semelhante a paz e ordem, permanecia pensativa e muitas vezes distraída. Era difícil se concentrar nos Moors quando o perigo estava tão próximo.

Estava sentada no trono, esfregando uma das pontas ásperas do assento, quando Diaval retornou de uma das suas incursões. Girando a mão, ela o transformou em humano.

Ele ficou de pé diante dela, mexendo-se nervosamente e coçando a pele. Mesmo tendo sido transformado dúzias de vezes, ele ainda tinha dificuldade para se ajustar à forma humana. No entanto, naquele dia ele parecia ainda mais desconfortável.

– Conte-me – ordenou Malévola, imediatamente alerta.

– Estive no castelo – Diaval começou com cuidado.

Malévola suspirou.

– Sei disso – disse ela, tentando manter a calma. – Eu o mandei lá. Conte-me o que viu.

– Não *vi* nada – respondeu, passando as mãos pelos cabelos. – Mas soube de uma... – Tossiu nervoso. – Uma... – Sua voz se perdeu.

– O quê? – Malévola exigiu saber. Estava ficando impaciente.

– Uma... hum... – Abaixou o olhar para os pés, depois o ergueu, enfrentando o olhar intenso de Malévola. – Houve um... – Fingiu enxergar algo no ombro e deu um tapinha.

Foi a gota-d'água. Malévola não aguentava mais.

– Diga de uma vez! – ordenou.

Diaval ficou atento.

– Uma criança – ele respondeu. – O rei Stefan e a rainha tiveram uma filha.

– Ah – disse Malévola, surpresa com a onda de ciúme que a percorreu e com raiva por Stefan ainda conseguir afetá-la daquela maneira.

Pressentindo que Malévola estava infeliz, Diaval se adiantou, unindo as palavras umas às outras na pressa de contar tudo... e de se afastar dali, bem rápido.

– Haverá um batizado daqui a um mês. Dizem que será uma grande comemoração.

Uma comemoração? Por um bebê? Isso é maravilhoso, não é?, ela pensou. *Mostrarão o bebê de Stefan como se fosse um prêmio. O bebê que é o resultado de tanta traição e de tanto sofrimento. Outro humano colocado no mundo para ferir e destruir a nossa raça. Ah, sim, isso é simplesmente maravilhoso.* Os lábios de Malévola se curvaram.

Não se ela pudesse impedir...

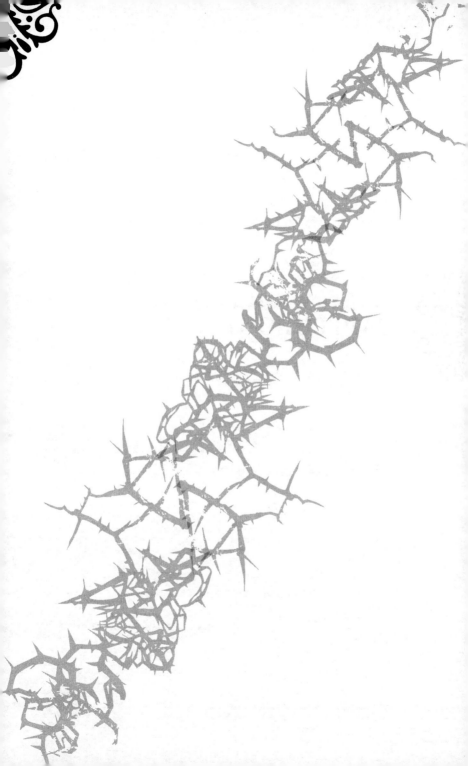

CAPÍTULO 11

O DIA DO BATIZADO CHEGOU. O CASTELO fervilhava com atividades e os criados se apressavam de um lado para o outro, decorando os salões e varrendo salas que havia muito não eram usadas. A governanta, normalmente o controle em pessoa, corria de um lado a outro distribuindo ordens para a sua equipe enquanto o valete pessoal do rei se certificava de que cada item do vestuário de Sua Alteza estivesse impecável.

Na imensa cozinha, dúzias de panelas com sopas e molhos borbulhantes estavam no fogo. Os aromas se espalhavam pelo cômodo, misturando-se aos de frango e pato, de biscoitos e de bolo. Praticamente todas as superfícies estavam cobertas de farinha, mesmo assim, cada prato que saía pela porta estava perfeitamente servido em louça de porcelana branca reluzente. Nenhum gasto fora poupado. Os convidados se banquetearam como nunca antes.

Do lado de fora, todos os cuidados foram tomados para que tudo estivesse perfeito. As grandes árvores diante da porta principal do castelo foram podadas em formato de cones imaculados. Os cavalos nas baias foram escovados até que seus pelos brilhassem, até mesmo os cães de caça tomaram banho e foram penteados. As paredes do castelo também foram decoradas. Pendões azuis compridos estavam pendurados na dúzia de torres, e nas pedras cinza que ligavam cada uma delas havia ainda outros estandartes da realeza. A ponte levadiça fora abaixada, e a bandeira de Stefan pendia na arcada, tremulando com a brisa suave. Mais flâmulas festivas esvoaçavam no alto do castelo enquanto os trombeteiros se postaram nas ameias, anunciando a criança. Abaixo, carruagens estavam estacionadas por quilômetros, e seus passageiros eram despachados para compartilhar do grande evento.

Dentro do Grande Salão, centenas de velas foram acesas nos candelabros que tomavam conta do ambiente, lançando um brilho dourado nas paredes e no piso de pedra. Um imenso vitral se erguia até o teto em arco doze metros acima e acrescentava uma luz baça que envolvia as centenas de pessoas ali agrupadas. Lado a lado, todas vestiam suas melhores roupas e tinham os olhos fixos na plataforma sobre a qual estavam os dois tronos.

Diante dos tronos estavam o rei Stefan e a rainha Leila. A rainha cintilava de orgulho ao olhar para a criança adormecida no berço. Por força do hábito, Leila levantou a mão e tocou na pedra reluzente que pendia de sua gargantilha, presente que Stefan lhe dera assim que se casaram. Nunca vira nada parecido com aquilo, a pedra parecia ter sido feita pelo próprio sol. Ao flagrá-la brincando com a joia, Stefan sorriu e se inclinou para sussurrar algo em seu ouvido.

Bem escondida nos fundos da sala repleta, Malévola viu quando Stefan sorriu para Leila e fez uma careta. Não conseguia ouvir o que diziam, mas os via nitidamente. E o que viu ao redor do pescoço da rainha foi uma pedra do poço das joias, outro item precioso que Stefan roubara dos Moors. Como ele ousara! As mãos de Malévola se retorceram impacientes.

Também viu quando Knotgrass, Thistlewit e Flittle se aproximaram do bebê. Pareciam mais velhas e talvez um pouco mais cheinhas, mas, tirando isso, estavam iguais.

Stefan não foi o único a enganar o reino, Malévola refletiu. Humanos simplórios. Tão temerosos à magia e mesmo assim fascinados pelos seus truques. Provavelmente consideravam as fadinhas adoráveis, com suas asinhas e sua magia inofensiva. Balançando a cabeça em sinal de desgosto, Malévola esperou para ver o que fariam em seguida.

Knotgrass foi a primeira a dizer alguma coisa.

– Doce Aurora – ela começou –, eu lhe concedo o dom da beleza. – Esticou a mão e tocou os cachos dourados do bebê adormecido.

Aurora? Então aquele era o nome do bebê humano, Malévola pensou. Por certo não fora Stefan a escolher o nome. De fato era muito bonito. Significava "amanhecer", que era o momento do dia predileto de Malévola. Sacudiu a cabeça. Aquela não era hora de ficar pensando na definição de um nome. Voltou sua atenção para o cesto em que Aurora dormia.

Em seguida foi Flittle que lhe concedeu um desejo:

– O meu desejo – disse ela –, é que você nunca sinta tristeza, seja apenas feliz em todos os dias de sua vida.

Por fim, Thistlewit deu um passo à frente.

– Doce bebê – ela começou –, eu lhe desejo... Eu lhe desejo...

Malévola não conseguiu mais ficar esperando. Levantando seu bastão, lançou um vento frio no salão. Chapéus e roupas esvoaçaram, e a multidão emitiu gritos de medo. Trovões e raios surgiram, e uma fumaça cinza preencheu o lugar. Quando ela se dissipou, Malévola emergiu de cabeça erguida, com os chifres apontando para o alto e carregando Diaval sobre um ombro.

No salão, ouviam-se murmúrios enquanto a multidão tentava descobrir quem era aquela estranha criatura. Mas ninguém sabia ao certo.

– Malévola! – Stefan exclamou, levando a mão à garganta.

Ela levantou uma sobrancelha.

– Ora, ora. Mas que plateia resplandecente, *rei* Stefan – Malévola zombou. – Realeza, nobreza, burguesia e, que interessante... – Fez uma pausa, estreitando o olhar apontou para as três fadinhas –, até a plebe. – Virou-se e olhou para a rainha. – Que lindo colar. Fiquei muito aborrecida por não ter recebido um convite.

– Você não é bem-vinda aqui – Stefan disse, estufando o peito enquanto a rainha, ao seu lado, resvalava a pedra no colar em seu pescoço.

– Não sou bem-vinda? Oh, mas que situação desconcertante. – Virando-se, Malévola fez menção de partir.

Atrás dela, Leila falou, sua educação real prevalecendo. Sabia quem era Malévola. Ouvira as histórias de seu pai e de Stefan. Chamaram-na de cruel e malvada, mas ela parecia muito agradável no momento.

– Não está ofendida?

Lentamente, Malévola se voltou.

– Oh, não mesmo, Vossa Majestade – disse Malévola. Os longos dedos finos pousaram sobre o coração quando ela começou a se mover na direção do berço. – E para lhes mostrar que não guardo rancor, eu *também* concederei uma dádiva ao bebê.

Stefan tentou bloquear o caminho passando à frente de Malévola, mas ela passou por ele com facilidade.

– Afaste-se da princesa! – exclamou Knotgrass, pondo-se protetoramente diante do cestinho.

Malévola gargalhou.

– Mosquitos – disse. E, uma a uma, afastou-as com petelecos. Depois parou junto ao berço.

Aurora sorria para ela, seu rostinho angelical era a coisa mais adorável que Malévola jamais vira. Nesse instante, raiva e ciúme se misturaram dentro dela como uma tempestade. Nunca teria um bebê tão lindo assim. Provavelmente, jamais teria bebê algum. Ninguém de quem cuidar. Ninguém para herdar as asas de sua mãe ou os olhos verdes de seu pai. Ela *poderia* ter, mas essa opção lhe fora roubada pela traição de Stefan.

Virando-se, Malévola levantou os braços com raiva e se dirigiu à multidão.

– Ouçam bem todos vocês – entoou. – A princesa de fato crescerá com graça e beleza. Será amada por todos que a conhecerem…

– Esse é um desejo adorável – disse a rainha, ainda sem saber o que estava se passando, sem conhecer a história entre Stefan e Malévola.

Pousando um dedo sobre os lábios de Leila, Malévola balançou a cabeça. Ainda não tinha terminado. Ainda não. Havia uma parte final em seu desejo.

– Mas antes que o sol se ponha em seu décimo sexto aniversário, ela... – Fez uma pausa e olhou ao redor, à procura de inspiração. Seu olhar se demorou num dos presentes dados ao bebê. Prosseguiu: – Espetará o dedo no fuso de uma roca de fiar e cairá num sono profundo como a morte. Um sono do qual *jamais* despertará.

As palavras de Malévola pairaram no ar, e a multidão agrupada arquejou coletivamente. Ignorando-os, ela se virou para partir. Mas a voz de Stefan a deteve.

– Malévola – disse ele, dando um passo à frente. – Não faça isso. Eu imploro.

Ante a palavra "imploro", Malévola arqueou uma sobrancelha. Suplicar não combinava com Stefan. Lentamente, virou-se para ficar frente a frente com ele. Sua expressão era gélida ao fitar a única pessoa que amara. Os olhos dele lhe imploravam, e ela viu um medo e uma dor genuínos neles. Mas isso não tinha importância. Seu coração estava congelado. Havia ironia nessa situação. O sofrimento que ela lhe provocava era muito parecido com aquele que ele lhe causara... repetidamente. Por fim, ela respondeu:

– Adoro quando você implora – disse. – Faça isso de novo.

Stefan olhou ao redor do salão, ciente de que seus súditos observavam cada movimento seu. Ciente de que

Malévola o humilhava. Por mais que quisesse negar isso a ela, não tinha escolha. O futuro de sua filha estava em jogo.

– Eu imploro – ele repetiu, cerrando a mandíbula.

– Está bem – disse Malévola, dando de ombros, como se estivesse dando um osso ao rei. – A princesa *poderá* despertar de seu sono profundo, mas somente... – Nesse ponto, ela fez uma pausa e estreitou o olhar, para que as palavras seguintes atingissem Stefan profundamente – por um Beijo do Amor Verdadeiro.

Ela quase gargalhou ao dizer tais palavras. Aprendera com Stefan que coisas como amor verdadeiro não existiam.

– Esta maldição durará para sempre. Nenhum poder no mundo poderá mudá-la.

Virou-se para sair. Atrás dela, Stefan sinalizou para que os guardas a atacassem. Mas o vento invocado por Malévola começou a soprar de novo, mantendo os guardas e os convidados afastados. Diante dela, a porta da sala do trono se escancarou. Um instante depois, Malévola desapareceu por ela, deixando pânico e caos em seu rastro.

Sorria enquanto regressava para os Moors.

Quando entrara no castelo, Malévola não sabia o que faria quando chegasse a hora. Não soubera dos desejos que as fadinhas fariam. Sequer como se sentiria quando voltasse a ficar tão próxima de Stefan. Uma pequena parte dela se preocupara em estar assustada demais para fazer qualquer coisa. *Mas o que aconteceu no fim*, Malévola pensou, *não poderia ter sido melhor*. Não tinha preço. Uma maldição inquebrável que enlouqueceria Stefan e lançaria o reino na mais completa desordem. Foi perfeito. Absolutamente perfeito.

A noite caiu, e o céu estava cheio de estrelas quando Malévola retornou aos Moors. Sentia-se energizada pelos eventos do dia, e uma ideia começou a se formar em sua cabeça, uma que manteria os agressores humanos afastados de suas terras de uma vez por todas. Virou-se e caminhou até a fronteira dos Moors, onde as terras das fadas se encontravam com as dos humanos. Inspirando fundo, fechou os olhos e se concentrou na magia que fluía dentro de si. Ela vinha ficando mais forte nos últimos tempos. Naqueles tempos, conforme andava pelos Moors, seu corpo clamava pelas terras ao seu redor, sugando energias, tornando-a mais forte. Descobriu que até conseguia se concentrar em determinada flora ou fauna e extrair magia diretamente de animais e flores individualmente. *O que era muito útil*, pensou com um sorriso.

Lentamente, começou a falar com o solo. Chamou a grama e as raízes que se escondiam debaixo da terra. Conversou com as árvores mais próximas, pedindo-lhes que lhe emprestassem sua magia para ajudá-la a proteger os Moors.

A magia pulsava ao seu redor, e o ar tremulou. Quando ela suspendeu os braços, galhos escuros retorcidos recobertos com espinhos pontiagudos começaram a se erguer do solo. Aceleraram em direção ao céu e se entrelaçaram uns nos outros, unindo os troncos grossos. Enquanto faziam isso, uma muralha começou a se formar e a crescer até ficar impossível enxergar o outro lado. Ela cresceu até os espinhos apontarem as negras pontas afiadas reluzentes em todas as direções. Cresceu até alcançar uma altura de doze metros. Cresceu até se tornar impenetrável.

Quando Malévola abriu os olhos, a magia parou de fluir dela. Ela recuou e assentiu em aprovação. A muralha não era bonita, mas serviria.

Satisfeita com o seu trabalho, Malévola voltou para o seu trono na Colina. Relanceou para o cenário ao seu redor, refestelando-se na beleza e na tranquilidade dos Moors, que foram restaurados em seu tempo como governantes dali. As outras criaturas do Povo das Fadas pareciam mais à vontade perto dela, dando seguimento às suas tarefas diárias sem estremecer nem se afastar voando toda vez que ela se aproximava. No entanto, seus antigos amigos, Robin inclusive, continuavam a se manter afastados. Malévola, estranhamente, entendia. Perdera as amizades assim que perdera as asas e a sensação de ser quem era antes. Agora era uma nova fada.

No silêncio pacífico da Colina das Fadas, ela percebeu sua mente vagar para a vida externa aos Moors. Agora tinha tempo para refletir sobre os eventos do dia. Fora muito prazeroso sentir o sofrimento de Stefan. E aquela maldição também ajudaria os Moors. Um reino humano enfraquecido era uma ameaça menor para eles, e não havia como Stefan não se sentir enfraquecido com a maldição lançada sobre sua única filha.

Sentindo um olhar crítico, Malévola olhou para o lado. Diaval, em sua forma humana, estava ali parado, encarando-a. Ignorou-o e voltou a se deliciar com a sua vingança. Mas Diaval prosseguiu encarando-a, silenciosamente condenando-a pelo que fizera. Uma parte dela queria tentar explicar que não estava sendo maldosa com o bebê. Queria contar a Diaval o quanto Stefan a fizera sofrer e o quão ainda sofria todos os dias, e era por isso que fizera o que fizera. Não conseguia, porém, admitir isso diante dele. E, por certo, não esperaria que ele começasse a expressar a sua desaprovação. Em vez disso, simplesmente mexeu a mão e o transformou em corvo novamente. Ele podia gralhar o tanto que quisesse, mas não seria capaz de repreendê-la.

CAPÍTULO 12

POR MAIS QUE TIVESSE SIDO bom manter Diaval como corvo por um longo período, Malévola sabia que precisava dele para informá-la dos acontecimentos do reino. Depois do presente que dera no batizado de Aurora, Malévola ficou ansiosa por saber o que Stefan faria para proteger a filha. Portanto, continuou a enviar Diaval em suas missões de reconhecimento e a transformá-lo quando ele regressava.

Não precisou esperar muito para ter novidades.

Poucos dias após a festa, Diaval retornou até a Colina das Fadas. Pousou diante do trono de Malévola e deu uns pulinhos, sacudindo as asas vigorosamente até que ela o transformasse. Quando se viu humano uma vez mais, rapidamente contou à sua dona tudo o que testemunhara.

Ao que tudo levava a crer, Stefan não recebera o "presente" de Malévola com alegria. Ordenou aos homens que juntassem todas as rocas do reino e as trancassem no calabouço. Por mais que a rainha não estivesse satisfeita, o rei também ordenou que as três fadinhas levassem Aurora para longe do reino. Sua esperança era mantê-la escondida a salvo, protegida pela magia das fadas e pela ausência de rocas de fiar. Stefan pensou que ninguém além dos seus conselheiros mais próximos soubesse do plano. Mas, claro, estava enganado. Pois Diaval vira Knotgrass, Thistlewit e Flittle saindo do reino. Vira as fadas usando magia para se tornarem maiores, do tamanho de humanos, e as seguira enquanto elas viajavam até um pequeno chalé no meio da floresta que cercava o castelo. Em seguida, contou a Malévola, voltando o mais rápido que pôde para a Colina das Fadas.

Quando Diaval finalmente terminou de falar, Malévola balançou a cabeça.

– Idiotas – disse ela.

Diaval assentiu em concordância e depois parou. Não sabia ao certo a quem ela se referia: ao rei e a rainha ou às fadinhas.

– Aquelas três cuidando de um bebê? Que desastre! Tenho que ver isso com meus próprios olhos.

Malévola se levantou, segurando o bastão, e começou a andar. Diaval se apressou a acompanhá-la. Mas ele estava acostumado a apenas voar, por isso suas passadas eram mais lentas e ele tropeçava constantemente. Levantando a mão, Malévola voltou a transformá-lo num corvo para que ele conseguisse acompanhá-la, e rapidamente chegaram à Muralha de Espinhos na fronteira dos Moors.

Malévola era capaz de afastar os galhos para abrir uma passagem entre o mundo dos humanos e o das fadas. Por mais que não gostasse de sair dos Moors, via-se com frequência na fronteira nos últimos tempos. *Não quero que isso se torne um hábito*, pensou ao atravessar a Muralha e fechá-la atrás de si. *Só vou dar uma espiada no bebê e pronto. Não farei mais nada. Deixarei que a maldição siga seu curso.*

Seguindo Diaval, que voava mais acima e ligeiramente à frente dela, Malévola avançou para dentro da floresta dos humanos. Árvores altas se erguiam no ar, e uma densa vegetação cobria o chão. Ao contrário das terras dos Moors das Fadas, que eram habitadas por muito mais tipos de criaturas, as humanas pareciam estranhamente desertas. Depois de um tempo, os dois chegaram a uma clareira em cujo centro havia um pequeno chalé com telhado de sapé e laterais brancas cruzadas por vigas marrons. Ficou claro que o chalé estivera anos abandonado. Inspecionando mais atentamente, Malévola viu buracos no sapé, e ervas daninhas cresciam no que outrora fora uma horta. Escondida nas sombras das árvores que circundavam a clareira, Malévola observou as fadinhas, agora maiores e desajeitadas em seus novos corpos, tropeçarem por ali, tentando arrumar o lugar para torná-lo acolhedor. Quando entraram para fazer uma pausa, Malévola se aproximou com cautela da lateral do chalé e viu Diaval apontando com a cabeça emplumada para uma das janelas.

Malévola espiou através dela e viu a bebê Aurora dentro do cestinho, dormindo pacificamente. Seus lábios se abriram ao ver as bochechas suaves e rosadas da bebê. Ela parecia maior do que quando a vira da última vez, um pouco mais cheinha talvez, mas tão bela quanto antes.

– Quase tenho pena dela. – Atrás de Malévola, Diaval assentiu com sua cabeça de corvo.

Subitamente, Aurora abriu os olhos e olhou diretamente para Malévola. Em resposta, Malévola fez uma careta para a menina. Aurora sorriu. Malévola piorou a careta. Aurora gargalhou e começou a bater as mãozinhas.

– Eu te odeio – Malévola disse.

Estava prestes a fazer a pior das suas caretas quando ouviu a aproximação barulhenta das fadas. Rapidamente, recuou da janela.

As três fadinhas entraram no quarto de Aurora e se aproximaram da cestinha. Imediatamente, o bebê começou a chorar. Malévola ouviu as três discutirem entre si sobre o que deveriam fazer até que, finalmente, concluíram que Aurora devia estar com fome. Em seguida, pegaram uma banana, uma maçã e uma laranja inteiras e colocaram no bercinho de Aurora antes de saírem do quarto. Os gritos de Aurora ficaram ainda mais altos.

– Ela vai acabar morrendo de fome com essas três desastradas cuidando dela – Malévola murmurou. *Mas isso não é problema meu*, acrescentou mentalmente. Virou-se para se afastar, com os ombros tensos até que o som do choro de Aurora finalmente diminuísse.

Nas semanas que se seguiram, Aurora foi a menor das preocupações de Malévola, embora Diaval insistisse em visitar a bebê todos os dias. O que ele fazia enquanto estava lá, ela não sabia. Mas aquilo lhe parecia uma espécie de traição, de todo modo.

No entanto, o foco de Malévola estava no rei Stefan e no castelo dele. Diariamente, ela ouvia os relatos de Diaval de que, depois da maldição, Stefan estava enlouquecendo. Estava paranoico. Convencido de que Malévola voltaria a qualquer dia para provocar mais danos e destruição, ele mandou que todos os soldados se preparassem. Enviou-os à Muralha de Espinhos repetidas vezes, na esperança de derrubá-la cortando-a. Uma vez, os soldados até lançaram grandes bolas de fogo com catapultas, tentando queimá-la, mas a Muralha permaneceu impenetrável, bem como Malévola planejara, e as vinhas espinhentas detiveram os humanos gananciosos. Seus pais acreditaram que conversas e negociações poderiam impedir as invasões humanas. No entanto, agora estava mais claro que aquilo, aquela barreira, aquela violência, era a única saída.

Certa manhã, enquanto Malévola estava em seu trono, contemplando o quanto as coisas mudaram desde o dia em que conhecera Stefan no poço das joias, Diaval pousou na Colina. Voltando-o à forma humana, Malévola esperou pelo seu relatório diário.

– Você não viu nada? – perguntou quando ele terminou de falar.

Diaval balançou a cabeça.

– Não, minha senhora – disse com suavidade, ciente de que isso não deixaria Malévola contente. – O castelo está fechado. Não consegui entrar. – Prosseguiu explicando que, temendo uma nova visita de Malévola, Stefan ordenara que as janelas fossem cobertas, que a ponte levadiça fosse suspendida, que todas as entradas fossem protegidas pelo dobro de guardas. Ele não estava se arriscando.

Malévola cerrou o punho com força ao redor do bastão. Desprezava Stefan. Pura e simplesmente.

– Ele está se escondendo de mim – disse ela, escarnecendo. – Ele sempre foi um covarde. Muito bem. Que apodreça ali. A filha dele está condenada e não há nada que ele possa fazer a respeito.

Parado ao lado dela, Diaval manteve-se calado, esperando que Malévola fizesse o que inevitavelmente sempre fazia: transformá-lo num corvo para que ele não pudesse fazer perguntas nem aborrecê-la. Malévola sentiu o olhar dele, mas o ignorou. Ultimamente, não queria transformá-lo. Sabia que ele iria visitar Aurora assim que tivesse suas asas de volta. E, por algum motivo, isso a irritava.

Ficando impaciente, Diaval cutucou Malévola no ombro para lhe chamar a atenção. Virando-se, ela baixou o olhar para o ponto em que os dedos dele resvalaram seu ombro com uma expressão indecifrável no rosto.

– O que foi? – perguntou.

– Não vai me transformar? – ele perguntou.

– Por quê? – Malévola inquiriu, curiosa em saber se ele lhe diria o motivo real.

Mas em vez de dizer que queria ir ver Aurora, Diaval respondeu:

– Prefiro a minha própria forma.

Dando de ombros, Malévola mexeu a mão e o transformou em corvo novamente. Com um grasnado, ele bateu as asas e começou a voar. Mas a voz de Malévola o deteve:

– Diaval – ela o chamou.

Fazendo a curva, ele voou de volta. Quando ficou uma vez mais diante dela, Malévola disse:

– Vai ficar por perto ou terei de colocá-lo numa gaiola?

Agitando as penas, Diaval voou e pousou no topo do bastão de Malévola. Ao que tudo levava a crer, o seu passeio até o chalé teria que esperar um pouco.

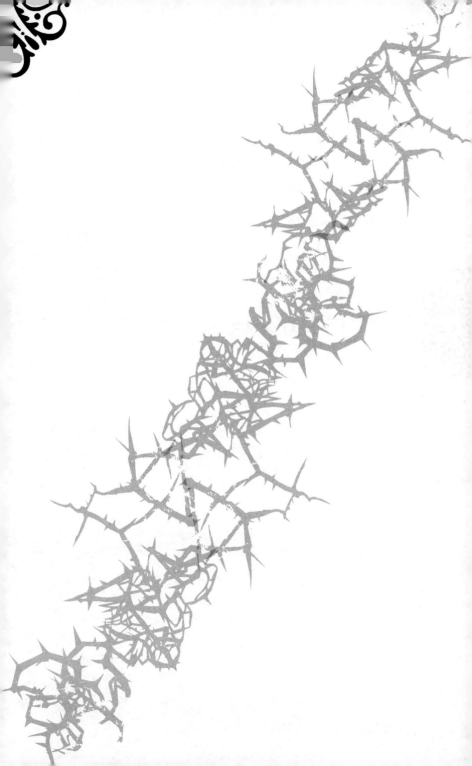

CAPÍTULO 13

POR MAIS QUE ODIASSE ADMITIR, Diaval não era o único curioso a respeito do bebê. Conforme os dias se transformaram em semanas, e depois em meses, a curiosidade remoía Malévola. Consumia-a enquanto ela perambulava pelos Moors, verificando a Muralha de Espinhos. Aborrecia-a enquanto estava em seu trono, ouvindo o zunido das fadas que reclamavam ou fofocavam. A curiosidade quase tomou conta dela quando se deparou com um pássaro e seu ninho de filhotes recém-nascidos, com seus biquinhos abertos indefesos no ar. E quando ela viu três fadinhas com uma semelhança impressionante a Knotgrass, Thistlewit e Flittle no meio de uma discussão que as fez ignorar seus bebês fada, a curiosidade levou a melhor.

Antes que conseguisse pensar duas vezes, viu-se atravessando a Muralha e seguindo um caminho pela floresta. Com passadas determinadas, foi até o chalé da clareira. Lá chegando, Malévola viu que a porta dos fundos estava aberta e que as fadinhas não estavam por perto. Mas Aurora estava. A menina crescera. Tinha a cabeça repleta de cachinhos dourados e as faces coradas. Enquanto Malévola a observava, Aurora desceu os dois degraus dos fundos e começou a vaguear. Balbuciava e ria consigo, evidentemente acostumada a ficar sozinha. *Algo que temos em comum*, Malévola pensou, a contragosto.

Determinada a superar sua curiosidade, Malévola se aproximou da menina. Inclinando-se para baixo, fez a careta mais assustadora que conseguiu e gritou:

— Ahhh!

Deu certo! A menina começou a chorar e levantou os bracinhos. Sorrindo, Malévola esperou que Aurora fosse fugir. Como esperado, a menina correu. Só que, para a surpresa de Malévola, Aurora correu em sua direção. Depois passou os bracinhos ao redor de suas pernas, enterrando a cabeça nas longas vestes negras da fada.

— Saia! Saia! — Malévola disse, empurrando Aurora como se ela fosse um inseto. Mas a menina apenas voltou a abraçar Malévola e a chorar copiosamente. Em seguida, Aurora suspendeu os braços, silenciosamente pedindo colo.

Malévola olhou ao redor. Apesar do choro alto, ninguém parecia estar vindo. E se ninguém viesse, significava que a bebê continuaria a chorar. E todo aquele choro estava lhe provocando uma terrível dor de cabeça...

Mas não, Malévola resolveu. Não sucumbiria aos lacrimejantes olhos azuis que a fitavam cheios de esperança. Cruzou os braços sobre o peito e balançou a cabeça. Aurora continuou chorando. Antes que conseguisse se deter, Malévola se inclinou e apanhou a chorosa criança.

– Cale a boca – disse, apesar de seu tom ser mais suave do que as palavras proferidas.

No mesmo instante, Aurora se derreteu. Passando os braços gorduchos ao redor do pescoço de Malévola, ela choramingou e arquejou um instante. Conforme Aurora se acalmava, Malévola tentava ignorar a sensação cálida que se espalhava pelo seu corpo. Tentou ignorar a fragrância suave dos cabelos de Aurora. Tentou não sentir as batidas do coração contra seu peito e o modo como instintivamente isso a fazia querer apertar os braços e manter a menina a salvo. Aquele era o inimigo. Precisava se manter forte.

Em seguida, Aurora emitiu um gorgolejo adorável e, sem medo algum, levantou a mão e segurou um dos chifres de Malévola. Desprevenida, Malévola puxou a cabeça para trás. O lábio inferior de Aurora tremeu um pouco. Curiosa com o que ela faria em seguida, Malévola lentamente inclinou um pouco a cabeça. O lábio de Aurora parou de tremer de imediato e, mais uma vez, ela soltou uma risadinha e se agarrou a ela, sem nenhum medo.

Aquilo era demais para Malévola. Rapidamente, colocou Aurora no chão e, sem olhar para trás, deixou a clareira. Porém, assim que regressou à Colina das Fadas, sua mente disparou. Não tinha como negar. Aurora era, talvez, quem sabe, um pouco graciosa. E o simples fato de pensar nisso deixou-a furiosa, pois não podia se permitir pensar que a criança era fofa, ou gentil, ou carinhosa, ou preciosa. Não. Amaldiçoara-a a um sono eterno. Portanto, não havia motivo para prestar atenção em Aurora. Havia?

Todavia, conforme dizia o ditado, os planos bem orquestrados muitas vezes dão errado, e Malévola logo descobriu que não podia deixar de ficar de olho em Aurora. Tampouco Diaval ajudava na situação. Ficando cada vez mais audaz em relação a seu apego com a menina, ele agora arrastava Malévola consigo quando ia espiar Aurora, coisa que fazia com frequência. As três fadas eram inúteis, mais preocupadas com elas mesmas do que com a criança que foram encarregadas de proteger. Muitas vezes, enquanto ela e Diaval observavam das sombras, Malévola as ouvia reclamando da vida, de estarem aprisionadas em seus corpos de proporções humanas, ali, no meio do nada, sem poderem apreciar os luxos da realeza e proibidas por Stefan de usarem magia, a menos que fosse estritamente necessário. De vez em quando, prestavam atenção em Aurora, mas, na maior parte do tempo, a criança cuidava de si mesma.

Em uma tarde particularmente bela, Malévola estava reclinada no alto de uma árvore ao lado de Diaval, que mantinha seus olhos de corvo atentos em Aurora, que brincava abaixo. Nas proximidades, as fadas prepararam um piquenique. Frutas silvestres frescas, pão e queijo estavam dispostos sobre uma toalha colorida. Mas Aurora não queria saber de comer. Estava se divertindo demais com borboletas que voavam ali perto.

Relanceando para a menina, Malévola ficou surpresa, e não pela primeira vez, com a absoluta inocência de Aurora. A criança não fazia ideia do que o futuro lhe reservava. Não tinha noção do que o pai dela fizera ou quem a mãe desposara. Aurora só sabia que o dia estava ensolarado e que existiam borboletas para perseguir. Malévola sentiu a raiva borbulhar dentro do peito. Um dia também fora inocente assim, confiante e despreocupada. E vejam onde isso a levara. Meneando a cabeça para se livrar desses pensamentos, Malévola jogou uma noz para Diaval. Precisava se divertir com outra coisa que não fossem seus pensamentos sobre o passado. Algo que a lembrasse de que era livre para fazer o que bem quisesse, quando quisesse.

Notando que as fadinhas estavam todas sentadas aproveitando o calor do sol, Malévola sorriu com travessura. Fez um pequeno gesto, imitando o movimento de alguém puxando o cabelo de outra pessoa. No chão, Thistlewit deu um grito.

A fada de pronto olhou para o lado, convencida de que Flittle puxara seu cabelo. Em retaliação, puxou com força uma mecha do cabelo da outra. Logo as três fadas estavam metidas numa guerra de puxões de cabelos. Com um sorriso satisfeito, Malévola se recostou e jogou uma noz na boca.

Por um instante, Malévola apenas continuou sentada ali, deliciando-se com os gritinhos que as três fadas davam. Robin teria ficado orgulhoso da sua travessura; talvez *ainda* restasse algo da antiga Malévola. De repente, pelo canto do olho, notou que Aurora estava perseguindo uma borboleta. Os pezinhos da criança batiam na grama quente e as mãozinhas estavam estendidas à frente do corpo, os dedinhos se agitando freneticamente. Olhando à frente, Malévola arqueou uma sobrancelha. Absorta em sua perseguição à borboleta, Aurora não percebia que estava indo em direção ao perigo.

– A praga vai cair do penhasco – Malévola comentou com Diaval.

Com um grasnido, Diaval voou do galho e foi até as fadas para pedir ajuda. Começou a gralhar furiosamente, voando ao redor da toalha. Infelizmente, Knotgrass, Thistlewit e Flittle estavam concentradas demais na briga delas para sequer notar Diaval, enxotando-o sem prestar atenção enquanto davam continuidade à discussão.

Nesse meio-tempo, Aurora continuava na direção do penhasco. Faltavam apenas uns quinze metros. Depois doze. E dez. Malévola relanceou por sobre o ombro e viu que as três fadas ainda não faziam a mínima ideia do que estava acontecendo e que Diaval ainda gralhava implacavelmente. Ninguém estava prestando atenção. Rapidamente, desceu da árvore e correu até a menina. Bem quando Aurora pisaria sobre o nada, Malévola agarrou-a e a puxou para trás. Vendo o rosto conhecido, Aurora sorriu.

Malévola rapidamente a acomodou em segurança e voltou para a sua árvore. Um momento depois, Diaval pousava ao seu lado. Tendo desistido das fadas, ele voara para tentar ajudar Aurora, mas a encontrara sã e salva. Agora, ele fitava Malévola com a cabeça inclinada e um olhar curioso.

– O que foi? – ela perguntou com inocência. E daí que salvara a vida de Aurora? Qual era o problema? Por certo, não significava que gostava da peste nem nada assim.

CAPÍTULO 14

O TEMPO PASSOU RAPIDAMENTE na floresta e, sem que ninguém desse conta, Aurora já não era mais uma criancinha, mas uma menina de oito anos. Seus perigosos primeiros anos de vida haviam transcorrido e, apesar de as fadinhas terem sido praticamente inúteis com uma bebê, pareciam capazes o suficiente para cuidar de uma menina. Com isso, Malévola praticamente só permanecia nos Moors, a salvo dos humanos e contente em saber que Stefan, segundo indicavam todos os relatos de Diaval, era um rei louco, ensandecido e solitário. Contudo, às vezes, ela ainda visitava Aurora.

Um dia, quando Aurora ainda era pequenina, Malévola seguira Diaval até a clareira e esperou nas sombras das árvores enquanto seu companheiro, em sua forma de corvo, brincava com a criança. O outono deixara as folhas douradas e rubras, e várias delas flutuavam até o chão. Com seus longos cabelos loiros e soltos, Aurora se sentou no meio de uma grande pilha de folhas, sorrindo. Levantou um punhado delas e as soltou no ar, gargalhando quando algumas pousaram sobre o pássaro negro. Esticando a mão, ela acariciou as densas plumas negras de Diaval com suavidade.

– Que passarinho bonito – disse com uma voz agradável de se ouvir.

Malévola se contorceu. Houve uma época em que a criança fora a única coisa a irritá-la. Todavia, cada vez mais, ela descobria que o fato de Diaval passar o tempo com Aurora a irritava ainda mais. Ou ficava irritada porque ele podia brincar com ela abertamente, com tanta facilidade? Naquela tarde, Malévola sacudira a cabeça para se livrar desses pensamentos ridículos e se afastou andando da clareira.

No entanto, ela nunca ficava afastada por muito tempo. Mesmo odiando admitir, sentia uma estranha atração por Aurora. E também existia outro atrativo. Era muito tentador fazer travessuras com as três fadinhas, uma folga dos seus pensamentos sérios e uma breve lembrança dos dias felizes passados fazendo travessuras com as outras fadas e com Robin. Com frequência, o pensamento de atrapalhar a vida das três fadinhas, mesmo que por alguns momentos, bastava para fazer com que Malévola atravessasse a Muralha e entrasse na floresta humana.

Numa manhã de verão, ela e Diaval, em sua forma humana, foram até a clareira. Ouvindo a voz anasalada de Knotgrass, Malévola se aproximou do chalé. Diaval a acompanhou e, juntos, espiaram por uma janela aberta. Do lado de dentro, as três fadinhas estavam sentadas à mesa da cozinha jogando xadrez. Como de hábito, estavam discutindo.

– O que foi isso? – Flittle disse, esticando a mão para segurar a de Knotgrass. Forçando-a para que se abrisse, revelou uma das peças. – Você está trapaceando!

– Estou ofendida com a sua insinuação! – Knotgrass ralhou.

– Não insinuei nada – Flittle replicou, sacudindo a cabeça. – Eu flagrei você. Sua... Sua... Sua porca gorda e trapaceira!

Conforme as três prosseguiram trocando insultos, Malévola levantou um dedo. Uma única gota de água caiu sobre a cabeça de Knotgrass. Ela a afastou com a mão sem prestar atenção.

Plop! Outra gota caiu. Mais uma vez, Knotgrass limpou a gota.

Plop, plop, plop!

Sem conseguir mais ignorar a água, Knotgrass levantou o olhar, tentando descobrir de onde ela vinha. Sem ver nenhuma goteira evidente, mudou de lugar. Mas de nada adiantou.

Plop, plop!

Mais gotas caíram, aterrissando em Knotgrass.

Lançando um olhar furioso para Flittle, ralhou:

– Pare com isso!

– Não estou fazendo nada! – protestou Flittle.

Escondida do outro lado da janela, Malévola reprimiu uma risada. Era fácil irritar as fadas. Seus ombros tremeram enquanto elas tentavam descobrir a origem da água, culpando uma à outra e depois a goteira. Mas, como a própria Knotgrass disse, só há goteira quando chove. E, definitivamente, não estava chovendo.

Plop, plop, plop, plop.

A água caía cada vez mais rápido, cada gota caindo em Knotgrass. Por fim, ela bateu a mão na mesa.

– Parem com isso! – berrou.

No mesmo instante, as gotas pararam de cair. Knotgrass, ansiosa, olhou para o teto como se esperasse a nova rodada. Mas quando, depois de alguns momentos, nenhuma água caiu, ela relaxou e se acomodou.

Então começou a chover.

Um temporal caiu em cima de Knotgrass, encharcando-a até os ossos. Flittle e Thistlewit começaram a rir, só para serem atingidas por uma onda que pareceu surgir das escadas. Todas gritaram.

Do lado de fora, Malévola se dobrava ao meio de tanto rir. O corpo sacudia e ela se esforçava para não emitir som algum quando fez outro gesto com a mão. Dentro do chalé, trovões retumbavam e raios estalavam. Olhando para Diaval, que estava ao seu lado, Malévola sorriu, ansiosa para que ele se juntasse à diversão, para ser seu parceiro de crimes como Robin o fora havia tantos anos. Mas a expressão dele estava séria.

– Ah, pare com isso – disse Malévola. – É divertido!

Diaval não respondeu de imediato, e Malévola entendeu que ele estava se armando de coragem para falar. Por fim, ele pigarreou.

– Senhora – ele começou –, preciso saber uma coisa.

Malévola soltou um suspiro. Ele estava estragando toda a diversão.

– O quê? – perguntou, sem se importar em esconder seu aborrecimento. O que poderia ser tão importante que Diaval preferia não participar de um dos poucos momentos despreocupados a que ela se permitia?

A pergunta seguinte dele a chocou.

– Quando planeja revogar a maldição?

– Quem disse que pretendo revogá-la? – respondeu com uma pergunta, voltando sua atenção para o chalé. – Eu odeio a praga.

Diaval meneou a cabeça. Já esperava que Malévola se mostrasse difícil.

– Odeia *Stefan* – observou. – Posso falar livremente?

– Não – respondeu Malévola. Girou a mão para transformá-lo de novo, porém, para variar, Diaval não permitiu. Segurou a mão dela, entrelaçando os dedos nos dela.

– Toda vez que eu digo uma coisa que não é do seu agrado, você me transforma em corvo – ele observou.

Malévola abriu a boca para rebater, mas logo balançou a cabeça. Aquela não era uma conversa para terem ali, naquela hora. Antes que ele a detivesse, Malévola afastou a mão. Rapidamente, girou-a, transformando-o uma vez mais em corvo. Quando ele ficou mudo, ela suspirou. Diaval estragara o dia. E pelo quê? Para tentar salvar a sua amiguinha? Por que ele se importava? Achava que ela retiraria a maldição e que Aurora iria morar com eles? Era um pensamento risível. Aurora jamais seria parte dos Moors. Não se encaixava lá. Jamais se encaixaria. Como um humano poderia entender e apreciar a magia e a natureza dos Moors? Não, era uma tolice de Diaval. O que estava feito estava feito. Não havia como revogar a maldição. Malévola estava perfeitamente à vontade com isso. E o que queria, mais do que tudo, era continuar a fazer travessuras com as fadinhas.

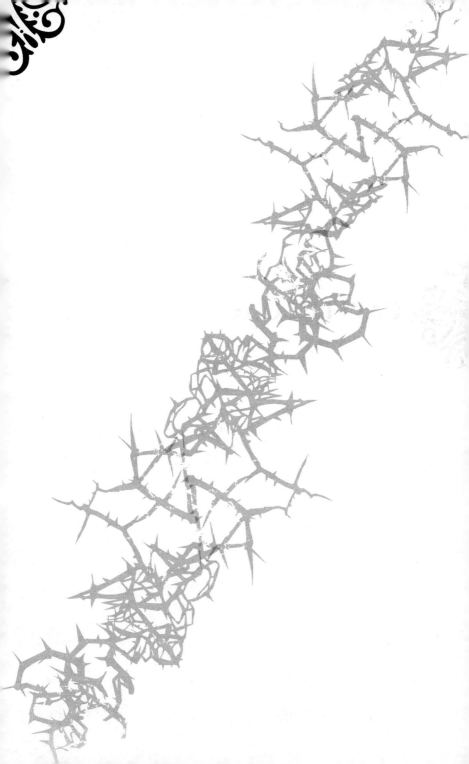

CAPÍTULO 15

MAIS ANOS SE PASSARAM. Estações chegaram e se foram. Dias se tornaram mais longos, depois se encurtavam e depois voltaram a se alongar. A muralha espessa ficava mais alta no verão, revigorada pelo calor do sol. E, no outono, as raízes se aprofundavam. De um lado, nos Moors das fadas, Malévola continuava a se sentar no trono. Concentrava-se em ajudar os Moors a vicejar e apreciava saber que trouxera a tão esperada paz para todas as criaturas, pequenas e grandes.

No decorrer dos anos, Malévola se tornou mais confiante e mais bela. Do outro lado da Muralha de Espinhos, contudo, as coisas não iam bem. Em seu castelo, o rei Stefan ficava cada vez mais fraco e mais paranoico. Sua barba ficou grisalha e rala, e sua barriga cresceu. Os olhos avermelhados ficavam sempre fixados nos muros, à espera do momento em que eles mostrassem fraqueza. Ordenara que os antigamente belos muros de pedra do castelo fossem recobertos por placas de ferro espessas, numa tentativa de garantir que Malévola ficasse do lado de fora. Isso deu ao castelo uma aparência assustadora, agourenta, e aqueles que moravam em sua sombra sentiam um peso sobre os ombros. Os dias de celebração e de alegria já não existiam mais. O reino, muitos diziam, estava num estado perpétuo de luto pela princesa amaldiçoada que nunca veriam crescer.

No interior da floresta entre os dois mundos, sem saber de nada, Aurora cresceu. Suas bochechas fofas se tornaram mais finas, apesar de continuarem rosadas. As perninhas que tantas vezes a conduziram a problemas se tornaram longas e delgadas, de modo que agora ela estava mais alta que suas "tias" baixinhas. O narizinho em forma de botão que ligeiramente arrebitado na ponta combinava à perfeição com seu rosto, e as longas madeixas loiras que desciam até a cintura reluziam. Aos quinze anos, era o retrato da beleza. E tendo sido criada afastada das armadilhas da vida da realeza, também era um exemplo de bondade. Não existia sequer um animal que ela não amasse nem um passarinho para o qual não cantasse. Perambulava pela floresta por horas seguidas, perdida em pensamentos, mas absolutamente à vontade com a natureza ao seu redor.

Malévola a observara crescer e se aproximar cada vez mais da idade da maldição. Testemunhara os anos desajeitados, quando as pernas de Aurora eram compridas demais para seu corpo, e vira a mudança emocional de criança a adolescente enquanto Aurora tentava descobrir quem era, sem obter respostas das três mulheres que a educaram. Seguira a moça enquanto ela vagava pelos bosques, sempre surpresa em ver uma humana tão em sintonia com a natureza. E se mostrara inquieta quando, perambulando para longe de casa certa tarde, Aurora descobrira a Muralha. Em pouco tempo, Aurora começou a passar horas deitada diante dela, tentando espiar em meio aos galhos grossos e espinhentos. Por mais que Malévola tentasse ignorar a presença da moça tão perto de seu lar, isso era praticamente impossível. Aquela garota parecia estar sempre por perto. Certa tarde, sentada junto a Diaval do lado humano da Muralha, Malévola tentava relaxar e apreciar o chão acolhedor. Seu olhar recaiu na estrada que corria paralela à Muralha. Era a estrada entre a floresta dos homens e os Moors das fadas. Longa e curvilínea, tinha profundos sulcos formados pelas incontáveis carruagens e carroças. Árvores altas cresciam dos dois lados dela. Na direção oposta estava o castelo do rei Stefan. Conforme se aproximava do castelo, a estrada ficava mais estruturada: árvores podadas na lateral com a folhagem controlada. Fitando o castelo de Stefan ao longe, Malévola enrugou o nariz. Depois de tantos anos, aquele lugar ainda a enlouquecia.

De repente, Diaval, que estava em sua forma humana, inclinou a cabeça e aguçou os ouvidos.

– Ela voltou de novo – disse, depois de um instante.

Aprofundando-se nas sombras entre os galhos espessos, o par observou, um momento depois, Aurora emergir da floresta. Olhando ao redor para se certificar de que ninguém a via, Aurora atravessou a estrada e se aproximou dos espinhos. Esticou o pescoço, maravilhando-se com a imensidão da Muralha. Ficou nas pontas dos pés e depois se agachou, tentando encontrar um buraco na Muralha para ver através dela.

– Praguinha curiosa – murmurou Malévola enquanto observava Aurora. Estava prestes a sinalizar a Diaval que partisse quando ouviu o som alto de metal na floresta. O som atravessou Malévola, provocando-lhe um tremor, como se ela estivesse sendo cortada.

Esquecendo-se por completo de Aurora, Malévola começou a andar na direção do barulho. Não precisou de muito tempo para descobrir a sua origem. Uma carroça grande tinha quebrado na lateral da estrada. Duas de suas rodas estavam no chão, e as duas outras ainda estavam ligadas ao veículo inútil. A parte de trás do veículo estava danificada onde a sua carga pesada se espalhara. Estreitando o olhar, Malévola conseguiu ver ferro por baixo da lona que cobria a carga.

Diversos soldados, com armaduras de ferro e portando armas de ferro, montavam guarda ao lado do carregamento. Dois outros tinham andado até o limiar com a floresta e, com uma serra dupla, cortavam uma árvore. Evidentemente usariam a madeira nova para consertar a carroça.

À medida que a lâmina de metal atravessava o tronco da árvore, Malévola se retraía. A raiva tomou conta dela, e ela levantou o bastão, pronta para pôr um fim ao trabalho destruidor humano. Mas um grasnido de alerta de Diaval a deteve. Virando, viu que Aurora se aproximava.

Dois dos soldados haviam se separado do grupo, avistando Aurora nas proximidades. O primeiro a chamou:

– Ei, você! O que está fazendo?

– Você não pode ficar aqui – disse o outro.

E logo começaram a falar um sobre o outro.

– Como chegou aqui?

– Por que está aqui no meio da floresta?

Aurora começou a andar na direção deles, com olhos curiosos e confiantes.

Malévola rapidamente formulou um plano em sua mente. Os soldados estavam em maior número. E tinham armas de ferro. Mas ela tinha magia. E Diaval. Estreitou o olhar para ele. Precisaria de algo mais assustador do que

Malévola | 139

um corvo para ajudá-la a afugentar os soldados. Erguendo o bastão, disse com suavidade:

– Traga-os para mim.

Com um gritinho, Diaval caiu de joelhos. E, então, bem diante dos olhos de Malévola, ele se transformou num lobo enorme. Seu pelo era espesso e longo; garras compridas se estendiam de patas imensas. Era uma criatura assustadora. A única coisa que não era assustadora no lobo eram os olhos, que ainda continham a bondade de Diaval. Ele avançou.

Os soldados se detiveram de pronto assim que ouviram um uivo alto ecoando. No mesmo instante, viraram-se e voltaram para junto dos outros homens.

Na mesma hora, Malévola se aproximou de Aurora por trás. Pegou uma flor amarela de dentro das vestes e assoprou nela. Pólen voou da flor, foi apanhado na brisa suave e começou a se deslocar na direção de Aurora.

– Durma – Malévola disse baixinho.

Assumindo a forma de uma nuvem, o pólen continuou a flutuar até Aurora. Alcançando-a, o pó amarelo a rodeou, e os olhos dela começaram a se fechar. Um momento depois, o corpo de Aurora relaxou e ela caiu com suavidade no chão. Mas, para Malévola, ela ainda parecia visível. Suspendendo o bastão, Malévola ergueu lentamente o corpo adormecido da princesa no ar. A moça flutuou cada vez mais alto até pairar acima das vistas dos soldados.

Tendo cuidado disso, Malévola voltou a sua atenção para os soldados. Observou Diaval se aproximar cada vez mais deles. Assustados pela massa de pelos e músculos que se aproximava rapidamente, os soldados sacaram suas espadas. E, então, com a mesma presteza, começaram a correr na direção oposta. Diaval os perseguiu com um cão pastor ameaçador.

Tarde demais, os soldados perceberam que estavam correndo na direção de uma criatura alta e chifruda. Derraparam antes de parar bem quando Malévola levantou o bastão de novo, dessa vez para suspender os soldados do solo. Girou o bastão novamente, e os soldados se chocaram uns contra os outros no ar e depois caíram no chão num amontoado inconsciente.

Ela sorriu, satisfeita porque a crise fora controlada. Mas o sorriso sumiu dos lábios ao ver um elmo de ferro caído no chão. Avaliou-o e depois, com cuidado, esticou um dedo. A ponta encostou no ferro, e Malévola sentiu um calor ardente. Afastou a mão e a apoiou no peito. *Então, esse problema ainda existe*, pensou. E se fosse enfrentar mais soldados em outra batalha, poderia ser um problema ainda maior.

Seus pensamentos foram interrompidos pelo regresso de Diaval. Virando a mão, ela voltou a transformá-lo em homem. Suas faces estavam coradas, e ele arrastou os pés, evidentemente agitado.

– Como pôde fazer isso comigo? – perguntou bravo.

Malévola recuou um passo, surpresa com a reação dele. Nunca antes ele reagira dessa forma depois de uma transformação.

– Você disse: tudo o que eu precisasse – ela respondeu de pronto. E ele fizera isso. Sim, era verdade que isso fora havia muitos anos, mas ela não achava que houvesse uma data de validade.

– Não num cachorro! – rebateu Diaval.

Malévola deu de ombros. Então era isso o que o chateara. O fato de ter ficado coberto de pelos.

– Era um lobo – ela o corrigiu –, não um cachorro.

– É a mesma coisa – replicou Diaval. – Eles são sujos, feios e caçam pássaros.

– Muito bem – disse Malévola, levantando as mãos. – Da próxima vez, eu o transformo numa simples minhoquinha.

Virou-se e começou a fazer o caminho de volta à Muralha. Não demoraria que os soldados acordassem e alertassem Stefan da escaramuça. Estaria mais segura nos Moors. Diaval a seguiu, ainda resmungando sobre a sua última transformação.

– Prefiro ser uma minhoca – ele disse. – Com muito prazer! Qualquer coisa, menos um cão fedido e sujo... Eca!

Olhando por cima do ombro, Malévola tentou não sorrir enquanto Diaval batia os braços. Ele conseguia ser muito dramático. Uma pequena transformação não fazia mal a ninguém, e, na verdade, ele não ferira nenhum pássaro enquanto fora um lobo.

Subitamente, Malévola se lembrou de Aurora. Erguendo o olhar, viu a princesa ainda flutuando no ar, felizmente adormecida e alheia à batalha ocorrida abaixo. Precisava despertar a moça e fazer com que voltasse em segurança para o chalé antes que um dos homens de Stefan recobrasse os sentidos. No entanto, isso podia levar um tempo, e ela poderia ser seguida se os soldados fossem bons rastreadores. Malévola duvidava dispor de tanto tempo assim. Subitamente, teve uma ideia. Uma ideia estranha e perturbadora, mas, ainda assim, uma ideia.

– Fico me perguntando... – disse em voz alta.

E se levasse Aurora até o outro lado da Muralha? Os homens não poderiam segui-las até lá, e Aurora estaria segura por um tempo. *Além disso,* Malévola pensou, *estou curiosa para ver o que a moça pensa dos Moors. Verá sua beleza? Ou ficará assustada? Ou ficará ansiosa com a necessidade de roubar e destruir como qualquer outro ser humano?* Balançou a cabeça. Estaria sendo tola em sequer considerar a ideia de levá-la aos Moors? Ou era a melhor decisão a ser tomada dadas as circunstâncias?

Malévola podia ficar ali o dia inteiro debatendo. Mas o tempo era precioso, e ela precisava tomar uma decisão logo. Suspendendo o bastão, apontou-o para Aurora.

Malévola | 143

CAPÍTULO 16

A NOITE CAÍRA NOS MOORS. Bem alto no céu, a lua estava cheia e feixes de luz desciam iluminando o solo verdejante. O ar estava parado e silencioso. A maioria das criaturas dos Moors estava adormecida, algumas enfiadas em folhas no chão enquanto outras repousavam nas árvores. Em meio a tudo isso, uma adormecida Aurora flutuava. Malévola caminhava alguns passos atrás enquanto Diaval voava adiante. Enquanto o trio avançava, algumas fadas curiosas espiaram, desejosas em saber quem ousava perturbar os bosques tranquilos àquela hora.

Chegando ao pequeno vale em meio ao qual um pequeno riacho gorgolejava, Malévola abaixou

Aurora com suavidade até o chão. Depois, escondeu-se nas sombras. Inspirou fundo e sussurrou:

– Acorde.

Malévola aguardou com o coração batendo forte. Estava começando a lamentar a decisão de levar a garota até ali. O que dera nela? Pareceu-lhe uma boa ideia na hora, mas agora, enquanto as pálpebras de Aurora farfalhavam até se abrirem, Malévola começava a pensar de maneira contrária.

Lentamente, Aurora se sentou. Observou o ambiente com tranquilidade com seus imensos olhos azuis, como se despertar em um bosque desconhecido fosse um acontecimento corriqueiro para ela. Ao observar Aurora olhando os Moors pela primeira vez, Malévola sentiu uma dor no peito. Nunca se sentira à vontade fora do seu ambiente familiar. Todavia, Aurora, que passara a vida toda num chalé com três pessoas, não parecia intimidada.

Virando a cabeça na direção de Malévola, Aurora disse:

– Sei que está aí.

Atônita, Malévola se escondeu mais.

– Não tenha medo – Aurora acrescentou.

– Não tenho medo – Malévola disse defensivamente. Cobriu a boca com a mão. Assim que as palavras escaparam, desejou não tê-las dito. Agora não havia como se esconder.

– Então apareça – Aurora pediu.

Malévola sorriu. Ah, talvez existisse uma escapatória para aquilo afinal.

– Mas então *você* sentirá medo – replicou.

Mas Aurora balançou a cabeça.

– Não, não sentirei – disse com teimosia.

Ao que tudo levava a crer, Malévola não tinha escolha. Não pensara no que aconteceria depois que Aurora estivesse nos Moors, mas, *definitivamente*, não pensara que conversaria com a princesa. No entanto, se Aurora fosse como qualquer outro humano, a garota fugiria assim que a visse.

Saindo das sombras, Malévola se aproximou. Um facho de luar a iluminou, produzindo uma sombra alongada no chão atrás dela. À noite, seus chifres pareciam maiores e mais escuros, e ela não se surpreendeu quando os olhos de Aurora se arregalaram de medo. Mas o que a surpreendeu foi que Aurora não fugiu. Em vez disso, falou:

– Sei quem você é – disse, fazendo com que Malévola erguesse uma sobrancelha. – Você é a minha fada madrinha.

Um riso se formou na garganta de Malévola.

– A sua... o quê? – perguntou em voz alta, tentando não rir.

Ignorando a reação de Malévola, Aurora assentiu.

– Fada madrinha – repetiu lentamente. – Você tem cuidado de mim a vida inteira. Sempre soube que você estava por perto.

– Como? – Malévola perguntou, sua curiosidade levando a melhor.

Aurora apontou por cima do ombro de Malévola. Virando-se, ela viu sua distinta sombra chifruda.

– A sua sombra – Aurora explicou. – Ela tem me acompanhado desde que eu era pequena. Para onde quer que eu fosse, a sua sombra estava sempre junto a mim.

Ouvindo isso, Diaval emitiu um grasnido alto. Por mais que Malévola soubesse que ele, em sua língua de pássaro, estava dizendo como "eu sabia!", Aurora só ouviu o típico grasnar de um pássaro e sorriu. Vendo Diaval pousar sobre o ombro de Malévola, ela fez uma pausa e se aproximou.

– Eu me lembro de você! – Caminhando lentamente, esticou a mão e acariciou Diaval. – Passarinho bonito.

Malévola tentou não se retrair quando a mão pequena da garota resvalou em seu ombro. Fazia muito, muito tempo que não ficava tão perto assim de um desconhecido. Para sua surpresa, não foi tão terrível quanto pensou que seria.

E o mais surpreendente foi quão à vontade Aurora parecia se sentir no vale. Afastou-se de Diaval e perambulou ao redor, abaixando-se de vez em quando para dar uma espiada mais de perto nas flores e nas plantas diferentes das do outro lado da Muralha.

Conforme ela explorava, fadas dos Moors, tendo sido despertadas, começaram a aparecer, curiosas em ver a humana entre elas. Quando Aurora viu as criaturas aladas, seu rosto se iluminou de admiração. Malévola se viu sorrindo quando diversas corajosas fadas do orvalho farfalharam até perto da princesa, suas asas translúcidas reluziam sob a luz do luar. Fazia muito tempo desde que Malévola olhara com atenção para o seu lar. Era verdade, esforçara-se para defendê-lo e o amava profundamente, mas, com Aurora ali, ela o via com olhos renovados. Era belo e misterioso. Tranquilo, contudo vivaz. As árvores protegiam as plantas, e as plantas abraçavam o solo. Havia um lar e um lugar para tudo e para todos. *Era por isso*, Malévola pensou, *que se esforçava tanto para mantê-lo a salvo*.

Desconhecendo as reflexões de Malévola, Aurora passou a mão com suavidade sobre a superfície de uma planta.

– Sempre quis vir aqui – disse –, mas as minhas tias me disseram que era proibido. – Levantou os olhos e se deparou com os de Malévola. – Como passamos pela Muralha?

A pergunta fez com que Malévola retornasse à realidade. Uma coisa era ter a garota ali por um breve período de tempo, mas não seria nada bom tê-la fazendo perguntas e querendo retornar.

– Está na hora de levar você para casa – disse em vez de responder.

– Mas já? – a princesa perguntou, evidentemente desapontada. – Posso voltar outra noite?

Malévola | 149

Em vez de responder, Malévola enfiou a mão em suas vestes e pegou outra flor amarela. Uma vez mais assoprou o pólen no ar diante de Aurora. E, de novo, as pálpebras de Aurora tremularam e seu corpo relaxou.

Enquanto as outras fadas observavam, elevou Aurora no ar. Em seguida, em silêncio, saíram do vale.

Pouco tempo depois chegaram ao chalezinho. Silenciosamente, Malévola fez Aurora entrar no quarto flutuando e, gentilmente, a abaixou na cama. Inclinando-se sobre a princesa, Malévola começou a sorrir com o canto dos lábios.

– Boa noite, praga – disse com suavidade antes de se virar para partir.

Parou à porta para dar uma última olhada em Aurora. No fim das contas, não foi tão ruim assim tê-la por perto no vale. Mas seria um evento isolado. Isso nunca mais voltaria a acontecer. Jamais.

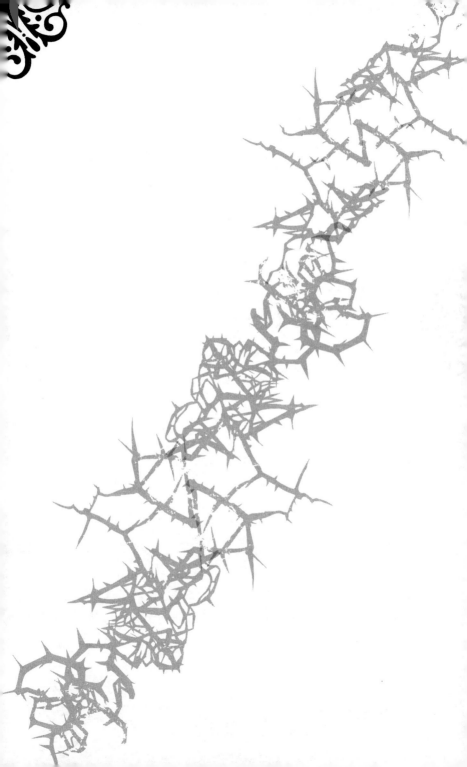

CAPÍTULO 17

A APARÊNCIA DE STEFAN estava horrível. Estivera acordado a noite toda, andando de um lado para o outro no quarto do qual raramente saía. O sol começava a nascer, marcando o alvorecer de um novo dia. Se não estivesse tão distraído, talvez aquele momento do dia o fizesse lembrar da filha, cujo nome recebera em homenagem ao amanhecer.

– Você caçoa de mim – murmurou bem quando um criado entrava no quarto atrás dele.

– Majestade? – o criado o chamou.

Mas Stefan não se virou nem respondeu. Simplesmente olhou para a frente, sem piscar.

O criado decidiu dar a notícia que lhe fora confiada.

— Majestade, a sua presença está sendo requisitada pela rainha.

— Deixe-me — Stefan ordenou simplesmente, por fim reconhecendo a presença do criado.

— Meu senhor — o criado implorou —, ela não está bem. As damas de companhia temem que...

— Saia! — berrou Stefan. — Não consegue ver que estou no meio de uma conversa?

O criado o encarou estupefato. Não havia ninguém mais no quarto. Estava claro que o rei enlouquecera. O criado saiu, fechando a porta atrás de si, resolvendo voltar quando o rei estivesse mais descansado. Só esperava que não fosse tarde demais. A rainha tinha poucas horas de vida, na melhor das hipóteses. Ninguém sabia qual doença a afligia, mas muita gente suspeitava que estivesse morrendo por causa do coração partido.

Stefan sequer notava que a esposa estava morrendo, assim como não notou que o criado acabara de deixá-lo. Começou a andar, ainda sem piscar.

— Era para representar o meu triunfo, a minha força. No entanto, dia após dia, ano após ano, você existe só para zombar de mim. Para me lembrar... E não é sem um propósito. É?

Encarou o objeto que o atormentava: as imensas asas negras penduradas em uma caixa de vidro. As asas de

154 | Malévola

Malévola. Fachos de luz matutina brilhavam ao redor delas de modo sinistro.

Stefan se aproximou da caixa, espiando através dela. Então, repousando a cabeça no vidro, sussurrou:

— É?

Subitamente, as asas se mexeram. Stefan deu um salto para trás, surpreso e assustado. As asas voltaram a ficar imóveis. Inspirando fundo, tentou, sem sucesso, acalmar os nervos.

— Eu lhe poupo a vida e esta é a minha recompensa? Uma maldição sobre a minha filha? Sobre o meu reino? Sobre mim?

As asas voltaram a bater, com mais força dessa vez.

Stefan prosseguiu com seu monólogo.

— Quando a maldição fracassar, Malévola virá até mim. Sinto isso. Sei disso. Assim como sei que o sol nasce. — Apontou um dedo para as asas com raiva. — E, nesse dia, não serei benevolente. Eu a matarei como já devia ter feito. E queimarei a carcaça dela até restarem somente cinzas!

Fez uma pausa, tentando recobrar o fôlego. Pensou em sua vitória, na doce vingança.

— E então... Você voltará a ser um troféu. E nada mais.

As asas tremularam com raiva agora, mas Stefan apenas as fitou. Então, lentamente, seu rosto se rompeu num sorriso amplo.

Os planos bem-intencionados de manter Aurora afastada dos Moors rapidamente fracassaram. Assim que decidira que Aurora nunca mais visitaria os Moors, a bela princesa reencontrou o caminho até a Muralha. E antes que Malévola se desse conta do que estava fazendo, todas as noites fazia Aurora dormir, levando-a de volta ao mundo das fadas.

Em pouco tempo, Aurora fez do bosque seu lar. E ainda pior: antes que percebesse, Malévola estava de fato gostando de ter a princesa por perto.

Existia algo de revigorante no modo como a princesa se movia nos Moors nas noites estreladas. Quer saltitasse sobre o riacho ou avançasse em meio à folhagem, sempre estendia as mãos, conectando-se com o mundo ao seu redor. E não era apenas a flora que ela amava. Amava todas as criaturas dos bosques também, desde as belas fadas do orvalho até as fadas-ouriço de aparência esquisita, com suas orelhas grandes demais e costas pontiagudas.

E *todos* a amavam. Mesmo as ciumentas fadas das águas, conhecidas por jogarem água em quem quer que acreditasse ser mais bonita que elas, admiravam a beleza de Aurora. Deixavam-na brincar nas margens, desejosas em mostrar à princesa os tesouros dos riachos. Quando pegavam uma pedra brilhante, Aurora ria, deliciada, fazendo com que as fadas ruborizassem de orgulho.

Quando não tinham mais pedras para mostrar a Aurora, as fadas das águas se postavam na superfície da água, patinando, mal deixando um rastro. Aurora se sentava encantada enquanto elas lhe faziam um espetáculo, com as asas longas flutuando atrás delas. Quando o show acabava, elas mergulhavam na água, deixando Aurora aplaudindo na margem.

As fadas das águas não eram as únicas a competir pela atenção de Aurora. Os entediados duendes de lama adoravam envolvê-la em brigas de lama que, inevitavelmente, ela perdia. E mesmo coberta de lama, ela continuava sorrindo, encantada por fazer parte daquele mundo mágico. Quando se deparava com criaturas mais temerosas, como os anões-carneiros, com seus ombros encurvados, pele escura como a casca das árvores e galhos afiados que cresciam dos braços e das costas, ela não fugia, mas simplesmente os deixava passar, ciente de que eles também faziam parte do funcionamento dos Moors.

Conforme as noites se passavam e Malévola observava a princesa, ficava cada vez mais difícil pensar nela como sendo a filha de Stefan. Ela não se parecia em nada com ele. Enquanto ele jamais respeitara a natureza, somente vendo o que os Moors poderiam lhe propiciar, Aurora amava tudo no mundo das fadas. Parecia instintivamente saber como ser parte dele, e Malévola percebeu que se afeiçoava à garota. Juntas, elas caminhavam, Aurora contente em ouvir Malévola lhe mostrar as diferentes plantas e árvores. E Malévola ficava feliz em ouvir Aurora tagarelar sobre as tolices aprontadas pelas tias dela durante o dia. A cada noite, as duas ficavam cada vez mais à vontade uma com a outra. E, por mais que Malévola tivesse dificuldades em admitir isso para si mesma, quando colocava uma adormecida Aurora na cama antes do amanhecer, ficava triste ao deixá-la.

Em Aurora, Malévola encontrara um espírito semelhante ao seu. Alguém a quem ela podia ensinar e alguém com quem ela podia aprender. O coração de Aurora estava escancarado, ansioso por amar, enquanto o de Malévola ainda estava fechado. Contudo, vendo o quanto Aurora estava livre e contente, Malévola não podia deixar de pensar se talvez não tivesse se prestado um desserviço durante todo esse tempo sendo tão fria. Mesmo no curto espaço de tempo em que Aurora fazia parte dos Moors, Malévola sentia que as criaturas que a ignoraram antes da chegada da garota agora a acolhiam. Por meio de Aurora, começaram a ver uma faceta mais suave de Malévola. E Malévola não conseguia deixar de apreciar tomar parte da comunidade maior uma vez mais.

Contudo, por mais que Malévola gostasse de ter Aurora por perto, sentia um peso sobre os ombros. Sabia que as visitas dela teriam um fim. *Elas acabarão*, lembrou a si mesma diversas vezes, *por causa da minha maldição*.

– Por que nunca posso vir aqui durante o dia? – Aurora perguntou a Malévola certa noite enquanto as duas caminhavam pela Campina das Fadas da Neve. Ao redor delas, fadas iridescentes, com asas decoradas com singulares desenhos de flocos de neve, moviam-se rapidamente na lagoa da campina ou brincavam ao redor de uma antiga árvore que tomava conta da margem. Do lugar em que Aurora e Malévola estavam, as fadas da neve pareciam centenas de luzes brilhantes que iluminavam a árvore e a faziam brilhar.

Malévola abaixou o olhar para a garota, sem saber como responder. Não podia lhe dizer a verdade: que se "as tias" dela descobrissem onde e com quem ela vinha passando seu tempo, ficariam muito, mas muito aborrecidas. Tampouco podia lhe contar o motivo de elas ficarem tão aborrecidas: Malévola não era quem parecia ser. Portanto, em vez disso, simplesmente disse:

– É a única hora em que a Muralha está aberta para você.

Antes que a garota pudesse fazer mais perguntas, Malévola seguiu andando, forçando Aurora a correr para acompanhá-la. Mas no restante da noite e nas seguintes, a pergunta de Aurora permanecia incomodando Malévola. Desejava vê-la brincando nos Moors durante o dia. Se fosse honesta, desejava ver Aurora o tempo inteiro, preferivelmente, por muitos anos. Mas, para que isso acontecesse, ela teria que fazer algo a respeito da maldição...

Certa noite, semanas depois da primeira vez em que Aurora fora aos Moors e apenas umas semanas antes do décimo sexto aniversário dela, Malévola deitou Aurora na cama. E, assim como fizera todas as noites por tantas delas, puxou as cobertas com suavidade e sussurrou:

– Boa noite, praga.

Mas, naquela noite em particular, enquanto a lua começava a descer no horizonte e o sol a nascer, Malévola disse com suavidade:

– Eu revogo a maldição: que ela deixe de existir.

Conforme as palavras saíram de sua boca, o quarto se encheu de magia. O ar estalou e tremulou e um vento fraco soprou. Mas a magia não tocou em Aurora. Estreitando o olhar, Malévola se aproximou e repetiu as palavras, dessa vez com mais determinação:

– Eu revogo a maldição: que ela deixe de existir.

Uma vez mais, a magia tomou conta do ar e o quarto tremulou. Novamente a magia cercou Aurora, porém deixando-a intocada.

Sentindo um medo começar a crescer na boca do estômago, Malévola repetiu as palavras, com ainda maior empenho. E depois as repetiu de novo. E mais uma vez, colocando todas as suas forças e desejando que toda a sua magia rompesse a maldição. O quarto começou a tremer à medida que um volume incrível de magia se avolumava no diminuto espaço, porém Malévola prosseguiu, sem perceber. Só o que ela via era Aurora, dormindo da maneira que dormiria para sempre caso a maldição não fosse rompida. Emitindo um último grito, suspendeu o bastão no ar e lançou uma imensa onda de magia pelo quarto.

Mas, ainda assim, ela não atingiu Aurora.

Abaixando o bastão, Malévola deixou o quarto lentamente, com o coração pesado. Fizera tudo o que podia fazer. Todavia, a maldição, aquela que ela frivolamente chamara de presente, não podia ser desfeita. O que significava que, de uma maneira ou de outra, em poucas semanas, Aurora espetaria o dedo numa roca de fiar e nunca mais despertaria.

CAPÍTULO 18

CHEIA DE ARREPENDIMENTOS, Malévola passou o dia seguinte sentada desatenta junto à Muralha. A ideia de ver o rosto inocente de Aurora naquela noite era devastadora. Ela sentia essa nova necessidade intensa de protegê-la das coisas ruins do mundo, mas, ironicamente, fazia parte disso, pois era aquela quem a amaldiçoara e quem tornara impossível que ela tivesse uma vida completa, nos Moors ou com sua família. E pensando com tristeza, fora Aurora que a lembrara da importância da família e dos amigos. O aniversário de Aurora se aproximava rapidamente, e Malévola sentia-se inútil, mais impotente a cada dia que passava.

Ao anoitecer, quando Autora chegou aos Moors, Malévola estava tomada de sentimentos que acreditara ter deixado para trás. Porém, como nunca foi de deixar transparecer sofrimento ou medo, simplesmente permaneceu calada, o tormento em seu rosto era o único indício do que se passava pela sua cabeça.

Desconhecendo o que sua fada madrinha vivenciava, Aurora tagarelou sobre o doce que fizera aquele dia. Tivera que se distanciar em busca de frutos silvestres, mas valera a pena, disse ela, pois suas tias adoravam doces. Distraída por uma fada voando entre as árvores, com seu corpinho verde mimetizando as folhas, Aurora interrompeu a história e perguntou:

— Todos no Povo das Fadas têm asas?

— A maioria tem — Malévola respondeu de modo breve, indisposta para conversar. Já era duro o suficiente ficar ouvindo a voz melodiosa de Aurora sem sucumbir, sem admitir que ela a amaldiçoara, pedindo pelo seu perdão.

Mas Aurora não percebeu nada.

— Então por que você não tem?

— Não quero falar sobre isso — Malévola respondeu com suavidade.

— Só estou curiosa porque todas as outras fadas têm asas e...

Aquilo era demais para Malévola.

— *Já basta!* — disse num rompante.

Aurora se calou de pronto, e elas continuaram a andar. Relanceando para a princesa, Malévola viu que seu rosto empalidecera e que seus olhos se encheram de lágrimas. Vendo o sofrimento que causara à garota, Malévola se suavizou.

– Já tive asas. – Sua voz não passava de um sussurro, e a dor era forte só de se lembrar delas. – Mas roubaram-nas de mim. E isso é só o que vou dizer a respeito.

Ela lhe dera apenas um pedacinho de informação, e a princesa queria saber mais.

– De que cor elas eram? – perguntou com excitação crescente. – Qual o tamanho?

Olhando ao longe, como se pudesse vê-las no horizonte, Malévola sorriu com melancolia.

– Eram tão grandes que se arrastavam atrás de mim quando eu andava. E eram fortes. – Enquanto falava sobre suas asas há tempos roubadas, sentiu um comichão em suas cicatrizes nas costas. – Levavam-me além das nuvens e através dos ventos. Nunca falharam. Nem uma vez sequer. Eu podia confiar nelas.

Quando a voz da fada falseou, Malévola não ousou olhar para Aurora. Jamais pronunciara aquelas palavras em voz alta. Nunca admitira para ninguém o quanto suas asas significaram para ela e o quanto sofrera quando Stefan as arrancara. Elas a faziam se lembrar da mãe, mas também se tornaram a característica que lhe dava a própria identidade – sua identidade orgânica e flutuante.

Subitamente, sentiu dedos longos se unirem aos seus. Abaixando o olhar, viu que Aurora colocara a mão na sua e a apertava com delicadeza. Deparando-se com seu olhar, Malévola viu a dor que refletia nos olhos de Aurora. Sentiu-se emocionada. Devagar, libertou a mão. Já perdera muito do que amara. E agora era apenas questão de tempo antes que Aurora fosse levada também.

As asas de Malévola o carregavam cada vez mais alto num céu de cor de fuligem. Debateu-se contra elas, chutando como um desvairado. Logo ele viu o alvo. A Muralha de Espinhos reluzia à luz do luar abaixo dele, com as imensas pontas afiadas para cima. As asas o levavam bem acima da Muralha. Mesmo se ele sobrevivesse à queda, jamais sobreviveria às perfurações que certamente sofreria. Bem quando sentiu as asas soltarem-no, Stefan despertou, arfando, em seu quarto.

Outro pesadelo. Essas asas jamais deixariam de assombrá-lo, mesmo durante o sono? Rapidamente se vestiu e seguiu para as ameias. Precisava agir, verificar o progresso que os homens vinham fazendo.

Mas, quando Stefan se aproximou da cena, ficou seriamente desapontado. Nada estava sendo feito. Não havia **nenhum trabalhador por perto além do supervisor** dos ferreiros, que roncava sonoramente num dos cantos. Stefan apanhou um balde de água e despejou sobre o homem adormecido. O supervisor deu um pulo, assustado e descomposto.

– Onde estão os seus homens? – perguntou Stefan.

– Em suas camas, Majestade – respondeu o supervisor, tremendo.

– Faça-os voltar ao trabalho sem demora.

O homem hesitou, sem saber como negar algo ao rei.

– Estão exaustos, senhor. Mas farei com que voltem ao trabalho assim que amanhecer.

– Quero que voltem ao trabalho agora – insistiu Stefan.

O supervisor não entendeu muito bem o que ele quis dizer. Trabalhar agora?

– É madrugada – ele se aventurou a dizer.

– Sim, sim – concordou o rei. – É madrugada. Por isso, acorde-os.

– Alteza?

Com a paciência exaurida, Stefan empurrou o homem contra a parede.

– Por isso acorde-os e faça com que voltem ao trabalho agora! Não temos muito tempo. Ande!

Nos dias seguintes, Malévola perambulou num torpor conflituoso. Mal falou, não comeu, e não se deu o trabalho de incomodar as fadinhas nem de transformar Diaval em animais diferentes. Mesmo ficar em seu bosque e passar as mãos pelas folhas aveludadas lhe trazia pouco conforto. Cada vez mais, ela se via indo até as margens da Lagoa Escura. Nos limites mais distantes da Muralha nos Moors, a lagoa era o lar de sombrias criaturas do mundo das fadas. Era ali que os anões carneiros moravam ao lado dos anões porcos com suas protuberâncias peludas. A própria lagoa era escura. Não havia nenhum duende da lama para limpar as águas, e as fadas das águas não ousavam se aproximar. Era um lugar solitário. Um lugar para os que tinham o coração sombrio. *É onde mereço estar*, Malévola dizia a si mesma toda vez que ali chegava. *Pois apenas alguém com um coração negro como o meu poderia fazer uma maldade tão grande para uma garota com o coração tão leve como o de Aurora.*

Sabendo dos pensamentos sombrios de sua dona, Diaval com frequência a acompanhava para a Lagoa Escura, onde ela se sentaria em silêncio até estar pronta para partir. Mas, uma tarde, diversos dias depois que Aurora segurara a sua mão, Diaval não estava ali quando Malévola saiu do bosque. Descobrindo que ela partira, ele rapidamente voou para a Lagoa Escura e, ao chegar, pousou em seu ombro. Começou a esfregar sua cabeça de penas na dela para confortá-la. Malévola, porém, não estava com vontade.

– Pare! – ordenou.

Ele começou a esfregar com mais força. Com um giro raivoso da mão, ela o transformou em homem. Quando ficou de pé, ele olhou para Malévola, com uma expressão preocupada.

– Senhora – ele disse –, está muito triste.

– Estou ótima – respondeu ela.

– Não, a senhora está muito triste – Diaval repetiu.

– Vou fazer com que você fique muito triste se não parar de dizer isso.

Diaval balançou a cabeça. Não havia como se comunicar com ela com palavras. Mas talvez...? Devagar, ele esticou a mão e tocou em seu ombro, com esperança de consolar a fada triste. Não funcionou. Ela lhe voltou um olhar gélido e afastou a mão dele. Então Malévola se virou e começou a andar, fumegando calada. Quem ele achava que era? Ele era a razão de ela estar naquele estado para início de conversa. Se ele não tivesse estado tão determinado em garantir que Aurora estivesse bem naquele chalezinho com aquelas horrendas fadinhas, ela jamais teria visto a criança. Nunca a teria visto crescer. Jamais teria se afeiçoado a ela. Nunca teria de contar uma coisa que partiria o coração da garota. Mas era isso o que ela tinha de fazer. Malévola sabia disso agora. Era o que a vinha consumindo desde a última vez que vira Aurora. Tinha de lhe contar a verdade. E isso não seria fácil. Soltando um gemido, caminhou na direção da Muralha à espera da noite, quando as estrelas e a verdade apareceriam.

Um pouco de neve caíra durante o dia de modo que naquele momento, enquanto Malévola e Aurora caminhavam pelos Moors e seguiam para o lugar predileto delas, a Campina das Fadas da Neve, suas passadas eram abafadas pelo polvilho suave. No frio, elas viam o ar saindo de suas bocas em pequenas nuvens. O cenário era lindo, as colinas estavam todas brancas e as estrelas brilhavam no céu acima.

Se ao menos eu não tivesse que arruinar a beleza com a maldade, pensou Malévola. Aprumando os ombros, dispensou tal pensamento. Seria agora ou nunca.

– Aurora – ela começou –, preciso lhe contar uma coisa.

– Sim? – disse Aurora, levantando o olhar para ela, inocente e pura como sempre.

Malévola parou de andar e mudou o peso sobre os pés por um momento, sem saber bem como proceder.

– Existe um mal neste mundo – disse por fim. – Não posso protegê-la dele.

Esperando que a princesa parecesse ter medo, Malévola se surpreendeu ao vê-la sorrir.

– Já tenho quase dezesseis anos, madrinha. Posso cuidar de mim mesma.

Malévola sorriu apesar de tudo. A garota era deveras valente, mas ingênua.

– Entendo. Mas não é isso...

Aurora a interrompeu.

– Tenho um plano – disse, o rosto se iluminando de tanta animação. – Quando eu for mais velha, vou morar aqui nos Moors com você. E você e eu poderemos cuidar uma da outra.

Olhando para o sorriso orgulhoso de Aurora, Malévola não teve escolha a não ser retribuir o sorriso. Estava claro que a garota refletira muito a respeito. E o fato de que ela não só desejava viver nos Moors como também queria fazer parte da vida de Malévola era comovente. Aurora não sabia o que o futuro lhe reservava, não sabia da maldição inevitável. Pensava que teria uma vida inteira diante de si. E desejava passá-la nos Moors, não no chalé com as tias, onde tudo seria mais fácil. Lá ela tinha um lar e estava cercada pela família – pelo menos, acreditava que elas fossem sua família. Nos Moors, ela só teria as criaturas da floresta como companheiras. Verdade, também teria Diaval e **Malévola, mas como isso poderia ser divertido depois de algum tempo? Mas seria tão bom...**

Conforme as palavras de Aurora eram absorvidas, o coração de Malévola começou a bater mais rápido. *Espere um instante*, pensou. *Por que não pensei nisso antes?* Talvez, apenas talvez, existisse um modo de impedir a maldição e de dar a Aurora o que ela queria e, francamente, o que Malévola queria também. Se a garota vivesse nos Moors, jamais conseguiria tocar numa roca de fiar. Poderia evitar o destino depositado sobre ela quase dezesseis anos antes. Com crescente animação, Malévola se virou para Aurora.

– Você não tem que esperar até ficar mais velha – ela disse. – Você pode vir morar aqui agora.

Aurora, porém, balançou a cabeça com tristeza.

– As minha tias jamais permitirão.

– Pensei que tivesse dito que poderia cuidar de si mesma – disse Malévola, desejando não parecer tão desesperada quanto se sentia. Agora que aquela ideia se instalara em sua cabeça, ela não conseguiria desistir.

– E posso – Aurora protestou. – Mas elas ficarão tristes sem mim. – Então fez uma pausa quando uma ideia surgiu. – Elas podem vir me visitar?

Malévola reprimiu um gemido. Knotgrass, Thistlewit e Flittle? Ali? As três fadinhas traidoras voltando para os Moors e, pior, para o seu bosque? A ideia era repugnante. As três fadas abandonaram o lar delas para ir viver com o inimigo... Contudo, educaram Aurora. E por mais que incomodasse a Malévola admitir isso, não se saíram tão mal assim. Mesmo tendo sido necessária um pouco de ajuda imperceptível de Diaval e dela. Desviando o olhar da expressão esperançosa de Aurora, Malévola sabia que não tinha escolha. Se desejava que a garota ficasse a salvo nos Moors, teria que deixar as fadas passarem pela Muralha, ainda que não o tempo todo. Apenas ocasionalmente. Mas isso era algo que ela e Aurora poderiam negociar mais tarde. Por enquanto, ela simplesmente concordaria.

– Sim – concordou.

Aurora emitiu um gritinho de alegria e bateu as mãos.

– Então eu venho! – exclamou. – Dormirei numa árvore e comerei frutos silvestres e castanhas, e todo o Povo das Fadas será meu amigo. Serei feliz aqui pelo resto da minha vida. Vou contar às minhas tias amanhã pela manhã.

Enquanto falava, seguiu em frente, perdida em pensamentos sobre sua vida futura.

Atrás dela, Malévola observava, contente que tudo daria certo no fim.

CAPÍTULO 19

DEPOIS DE ACOMODAR AURORA na cama em segurança, Malévola passou o resto da noite com pensamentos agitados em meio à floresta próxima ao chalé. O dia seguinte seria importante por muitos motivos. Dali a apenas três dias, Aurora completaria dezesseis anos. E antes que esse dia chegasse, ela precisava ir para os Moors. Por mais que Malévola confiasse em Aurora sendo forte e se impondo às "tias", queria estar por perto só para o caso de ser necessário. E com o décimo sexto aniversário de Aurora se aproximando rapidamente, ela sentia uma urgência crescente. Aurora precisava estar nos Moors – protegida de rocas de fiar – imediatamente.

Diaval se juntou a Malévola enquanto o sol nascia e os dois seguiram para a clareira. Da segurança das árvores, observaram enquanto o dia começava dentro do chalé. Ouviram o bater de panelas sendo colocadas sobre o fogão e o frigir de ovos. O que se seguiu foram os sons de pratos sendo limpos e da discussão das fadas quanto a quem deixara os pratos sem lavar na noite anterior. Malévola sorriu. Seria bom para Aurora se afastar daquelas ali, mesmo se elas tivessem que ir visitá-las de vez em quando.

Por fim, Aurora apareceu à porta do chalé. Levantando o olhar para o céu azul sem nuvens, ela sorriu e, depois de se despedir rapidamente das tias, começou a andar na direção da floresta como estava acostumada a fazer todas as manhãs. Mas aquela manhã era diferente. Porque, naquela manhã, ela não só estava sendo seguida por Malévola e por Diaval, como também estava criando coragem para contar a novidade para as tias.

– Tias – Malévola a ouviu dizer enquanto caminhava –, tenho quase dezesseis anos e preciso de uma vida própria. – Malévola sorriu ao ouvir Aurora praticar o seu discurso. – Eu as amo muito, mas está na hora de...

Sua voz se interrompeu quando ouviu sons em meio aos arbustos. Olhando ao redor, viu uma árvore grossa e se escondeu atrás dela. Malévola também ouvira o barulho, e virou a cabeça na direção das moitas próximas. Um momento depois, viu um belo jovem aparecendo a pé, puxando um grande cavalo branco. Ele afastou uma mecha de cabelos castanhos da frente dos olhos também castanhos e olhou ao redor.

– Há alguém aí? – perguntou o jovem.

De seu esconderijo, Aurora deu uma espiada. Ao ver o rapaz, ela rapidamente voltou a se esconder, com o rosto enrubescendo.

Vendo a reação de Aurora, Malévola se viu tomada por um pressentimento. A princesa nunca antes vira um homem de perto, quanto mais um tão bonito assim. E não havia como negar: o rapaz era muito, muito atraente. Tinha um porte majestoso, com ombros largos que se afilavam até uma cintura estreita, e pelo que ela conseguia ver, parecia ter olhos gentis. O que aconteceria se ele e Aurora conversassem? Ele a encantaria do modo como Stefan a encantara tantos anos antes? Ela ainda desejaria viver nos Moors? Ou trairia o mundo das fadas como seu pai fez antes?

Enquanto esses pensamentos percorriam a mente de Malévola, o jovem deu mais um passo à frente.

– Olá – ele chamou na direção em que Aurora se escondia.

Curiosa, Aurora saiu de trás da árvore.

– Lamento se a assustei – ele disse –, mas estou a caminho do castelo e estou completamente perdido. Pode me ajudar? – Enquanto falava, ele avançou mais um passo.

Malévola | 177

Nervosa, Aurora recuou, tropeçando numa pedra e caindo no chão com um baque.

– Perdão – ele disse. – Foi culpa minha. Avancei muito rápido e a assustei. Perdoe-me. – Esticou a mão e a ofereceu para ajudá-la.

Bem quando ele a ajudava a se levantar, um raio de sol se infiltrou, deixando os cabelos dourados de Aurora ainda mais dourados e iluminando seu corpo alto e delgado, e também seu lindo rosto. Malévola viu os olhos do rapaz se arregalarem. Ele estava encantado. Percebeu quando a respiração dele acelerou e seu rosto corou. Também notou que a mão nervosa de Aurora subia até a garganta, como se estivesse insegura diante do jovem.

– É por ali – Aurora disse por fim, meio sem voz.

O jovem assentiu, mas não respondeu.

– O castelo – Aurora acrescentou, preocupada que o rapaz não soubesse ao que estava se referindo.

Mais uma vez, o rapaz apenas concordou com a cabeça.

Malévola não sabia se ria ou se chorava. O rapaz estava evidentemente apaixonado. E Aurora? Bem, ela estava ficando mais audaciosa, menos tímida, a cada minuto que se passava. Se isso não fosse tão perturbador, Malévola sentiria orgulho de sua corajosa Aurora. Entretanto, por egoísmo, queria que a garota ficasse calada.

– Qual é o seu nome? – Aurora perguntou, tentando fazer com que o rapaz falasse.

O jovem mais uma vez não disse nada. Não por um instante. Apenas permaneceu de pé, hipnotizado e parecendo incapaz de pensar em seu próprio nome. Por fim, ele sacudiu a cabeça e piscou, como se saísse de um sono profundo.

– Phillip – respondeu. – Meu nome é Phillip.

Aurora sorriu.

– Olá, Phillip.

– E o seu? – ele perguntou, encantado.

– Aurora.

– Olá, Aurora – ele a cumprimentou com suavidade.

Ao redor deles, passarinhos cantavam e o vento soprava brandamente; o casal continuou ali, olhando um nos olhos do outro. Para eles, era como se o tempo tivesse parado. Para Malévola, era como se o tempo tivesse acelerado. Ela via claramente o que aconteceria. Esse Phillip conquistaria Aurora. Ele a levaria dali e não seria capaz de protegê-la da maldição. E Aurora iria, sem saber do perigo que enfrentaria. Com um suspiro, Malévola esperou para ver se tinha razão.

– Bem, obrigado por sua ajuda – Phillip disse, pondo um fim ao silêncio. – É melhor eu ir agora. – Assobiou, e o cavalo branco se aproximou trotando. Phillip se ergueu sobre a sela e, com relutância, se virou para partir.

– Vai passar por aqui de novo? – Aurora indagou.

Sorrindo, Phillip olhou por sobre o ombro.

Malévola | 179

— Nada poderá me impedir.

Soltando uma risada contente, Aurora disse:

— Então, até breve. Adeus, Phillip. — Aurora acenou à medida que ele cavalgava para longe olhando por cima do ombro como se quisesse se certificar de que ela ainda estava ali.

Tempos depois que Phillip desapareceu no horizonte, Aurora, cantarolando uma canção alegre, saiu do bosque. Na floresta ali perto, Malévola estava agitada. Diaval, que estivera sentado em seu ombro o tempo todo, começou a cutucá-la incessantemente com o bico. Erguendo a mão, ela o segurou pelas patas.

— Pare com isso! — sibilou.

Quando ele começou a se debater, Malévola girou a mão e o transformou em humano.

— Esse moço é a resposta! — disse Diaval no instante em que pôde falar.

Malévola meneou a cabeça.

— Não, Diaval — respondeu com tristeza.

— Sim! — ele rebateu. — O Beijo do Amor Verdadeiro, lembra? Ele quebrará a maldição!

— Beijo do Amor Verdadeiro? — Malévola repetiu. Ele estava falando sério? Não entendera ainda? Era por isso que ela quisera manter Aurora nos Moors para início de conversa. Porque existiam tolos que poderiam de fato acreditar que havia um modo de deter o inevitável. Mas não havia. Jamais haveria. Ela sabia muito bem a verdade, pois a vivenciara ela mesma. Repleta de amargura renovada, disse: – Ainda não entendeu? Amaldiçoei-a dessa forma porque isso não existe.

Diaval não disse nada por um momento. Em seguida, com suavidade, respondeu:

– Isso pode ser como *você* se sente. Mas e quanto a Aurora? Esse rapaz pode ser a única chance dela. É o destino *dela*, não o seu! Já não fez o bastante?

As palavras a feriram. O que Diaval disse era verdade. Já fizera demais. Colocara Aurora naquela situação, contudo... Ficava furiosa que Diaval observasse isso. Ele não sabia de nada! Que direito tinha ele de fazer com que se sentisse pior do que já se sentia? Com o humor alterado, levantou a mão, prestes a transformá-lo novamente. Mas Diaval falou, surpreendendo-a:

– Vá em frente! – exclamou. – Pode me transformar no que quiser. Um pássaro, uma minhoca. Não me importo mais. – Sem esperar para ver o que ela faria, Diaval se virou e se afastou.

Malévola o observou ir embora, remoendo as emoções. Odiava quando ele falava assim com ela. Odiava que ele a fizesse se sentir culpada. Contudo, se o odiava tanto assim, porque estava triste por ele ter ido embora? Malévola suspirou. Por que tudo ficara tão complicado?

CAPÍTULO 20

MALÉVOLA ESTAVA PRESTES A DESCOBRIR que as coisas ficariam muito, mas muito mais complicadas. No chalezinho da clareira, Aurora acordou na véspera de seu aniversário muito bem-humorada. Conhecera o mais lindo dos homens, iria morar nos Moors e, melhor do que tudo, passaria mais tempo com sua fada madrinha. A única coisa que a detinha era precisar contar às tias que estava partindo. Essa parte diminuía um pouco a sua animação. Afinal, as três a educaram depois da morte dos seus pais e, por mais que fossem um pouco estranhas, ela amava cada uma delas. Suspirando, saiu da cama. Era hora.

Entrando no cômodo principal do chalé, sorriu quando viu as tias discutindo uma vez mais. Ouvindo as suas passadas, elas pararam e se viraram na sua direção, parecendo moderadamente culpadas. Mas Aurora ignorou isso e seguiu em frente com a novidade:

– Preciso conversar com vocês sobre um assunto – anunciou.

– Pode falar, querida – Flittle disse, ajeitando o cabelo que estava desarrumado.

– Lamento lhes dizer isto e, por favor, não fiquem tristes, mas amanhã completo dezesseis anos e, portanto... – Sua voz falseou.

– Portanto? – Thistlewit a incitou.

Aurora inspirou fundo e, então, num rompante, as palavras saíram, uma depois da outra.

– Estou indo embora.

Esperando lágrimas e tristeza, ela ficou surpresa quando o rosto de Knotgrass ficou vermelho de raiva.

– Até parece que vai! – berrou ela. – Não sofri todos estes anos neste buraco miserável com estas duas imbecis só para você arruinar tudo no último dia! Vamos levá-la de volta ao seu pai... – Quando as últimas palavras saíram dos seus lábios, Knotgrass cobriu a boca com a mão. Não tivera a intenção de dizer aquilo.

O rosto de Aurora empalideceu.

– O meu pai? – ela repetiu. – Vocês disseram que os meus pais estavam mortos.

As três tias se entreolharam, silenciosamente tentando decidir o que fazer. Por fim, Flittle deu um tapinha no banco ao seu lado.

– É melhor você se sentar – disse.

Confusa, Aurora fez o que ela lhe disse e ouviu enquanto elas começavam a história.

– Fada madrinha!

A voz de Aurora ecoou pelo bosque. Detectando o pânico na voz dela, Malévola emergiu das sombras enquanto Diaval permanecia atrás. Era a véspera do décimo sexto aniversário de Aurora, e ela deveria ter vindo depois de ter contado às tias que estava de partida. Evidentemente, algo acontecera, e conhecendo as três fadas e as suas conspirações para permanecer nas boas graças de Stefan, Malévola ficou pensando no que elas poderiam ter dito a Aurora a respeito do passado dela a fim de mantê-la com elas. Mas quanto fora dito?

– Estou aqui – Malévola disse, fitando a princesa. Os olhos habitualmente reluzentes da moça estavam cheios de lágrimas. Seu cabelo estava todo desgrenhado, como se ela o tivesse puxado várias vezes. Malévola aguardou, temendo o que Aurora estava prestes a dizer.

– Quando você ia me contar sobre a maldição? – ela perguntou com a voz carregada de dor.

Malévola estivera certa. Aquelas fadas intrometidas contaram a Aurora o que acontecera havia vários anos. Mas Aurora somente mencionara a maldição. Não dissera quem a amaldiçoara...

– E então? É *verdade*? – perguntou Aurora, suplicante.

Malévola assentiu.

– Sim, é – confirmou simplesmente.

O rosto de Aurora se fechou.

– Eu era só um bebê! – gritou. – Quem faria algo tão terrível assim a um bebê? – Seus grandes olhos azuis se depararam com os de Malévola. – Minhas tias me disseram que foi uma fada má. Disseram um nome... Disseram que era... Que era... – soluçou, sem conseguir dizer o nome em voz alta.

Percebendo o sofrimento que aquele momento causava nela, Malévola não suportou nem um segundo mais. Virando-se para não encontrar o olhar de Aurora, disse o nome em voz alta:

– Malévola.

Atrás dela, os olhos de Aurora se arregalaram quando houve um estalo, e ela começou a juntar as peças do quebra-cabeça.

– Esse é o *seu* nome? – perguntou com a voz trêmula. – *Você* é Malévola? Foi *você* quem me amaldiçoou?

Lentamente, a fada se virou para ficar de frente para a princesa. Não era assim que ela queria que Aurora ficasse sabendo quem ela era e o que tinha feito. Mas o que mais poderia fazer? A verdade surgiria de um modo ou de outro.

– Sim – disse com suavidade.

A mão de Aurora pousou sobre o coração como se a realidade da confissão de Malévola a atingisse como uma flecha. Encarou-a como se a estivesse vendo pela primeira vez. O olhar queimou Malévola. Ela acabara de virar o mundo de Aurora de ponta-cabeça. Fizera com ela a mesma coisa que Stefan lhe fizera, fizera a princesa confiar nela e depois partira essa confiança com crueldade. *Que ironia*, Malévola pensou quando Aurora começou a recuar.

– Espere... – Malévola implorou, estendendo a mão.

Aurora se afastou daquele toque.

– Não! – Aurora exclamou. – Não toque em mim! *Você* é o mal que existe no mundo. É você.

Aurora se virou e correu, desaparecendo na floresta.

Observando-a ir embora, Malévola sentiu todas as suas forças se esvaírem. Respirar ficou difícil. Passara muito tempo negando o que fizera para si mesma e para Aurora. **E agora estava sendo punida.**

Ficou ali por muito tempo, desejando ter o poder de voltar ao passado e nunca ter lançado aquela maldição para início de conversa. Jamais ter mencionado uma roca de fiar ou o Beijo do Amor Verdadeiro... Subitamente, sentiu uma centelha de esperança. Talvez ainda houvesse uma maneira de acertar tudo. Talvez Diaval tivesse razão e o amor verdadeiro existisse para algumas pessoas. Erguendo o olhar, deparou-se com o do corvo.

– Encontre o rapaz – ordenou.

Enquanto Diaval alçava voo, Malévola fez uma prece silenciosa para que não fosse tarde demais.

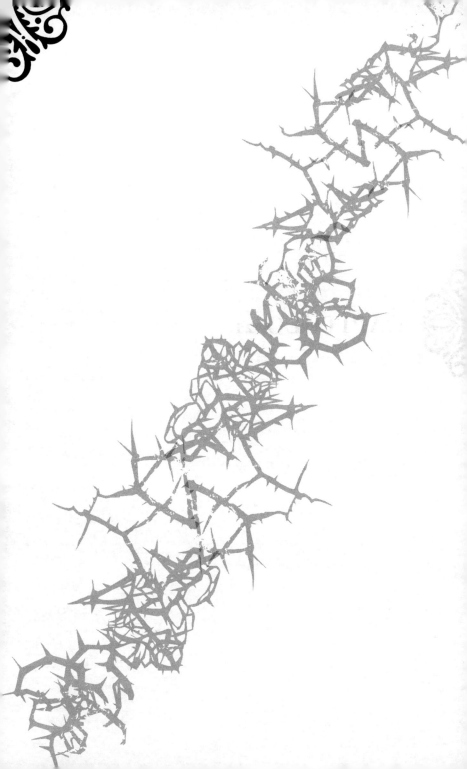

CAPÍTULO 21

MALÉVOLA RETORNOU PARA O BOSQUE lenta e tristemente. Por mais que não estivesse lá para testemunhar, sabia exatamente o que Aurora faria em seguida. Correria de volta para casa, pegaria o cavalo no pequeno estábulo do chalé e partiria. Galoparia furiosamente pela floresta e pela estrada que levava diretamente para o castelo. Não pararia para pensar no que as tias diriam quando descobrissem que partira. Não pararia para pensar por que Malévola teria mentido para ela. Sequer pararia para pensar no que o pai diria quando ela chegasse aos portões do castelo. Apenas cavalgaria, com lágrimas correndo pelo rosto.

Ela pensaria, sim, no fato de ter um pai. E uma mãe. E de ser uma princesa. Nessas coisas ela pensaria. Muito. De forma que, ao chegar ao castelo, parte de sua raiva seria substituída por ansiedade. Afinal, estaria prestes a conhecer sua família.

E por mais que Malévola não estivesse ali para testemunhar o reencontro, ela também fazia alguma ideia de como ele seria. O rei Stefan veria Aurora e, a princípio, pensaria que se tratava de apenas uma camponesa. Afinal, ele, que se concentrara mais em Malévola e em seu medo egoísta, não pensava na filha havia anos, e ela não estaria vestindo um vestido digno da realeza. Em seguida, quando ela lhe dissesse que era sua filha e tentasse abraçá-lo, ele a seguraria a um braço de distância, tentando ver se, de fato, ela era sua carne e seu sangue. Quando concluísse que ela era, ele se suavizaria, mas apenas um pouco. Malévola odiava pensar nele se emocionando, mas precisava acreditar que ele tinha algum coração debaixo de toda aquela paranoia e armadura.

Depois, Malévola imaginou, ele diria a Aurora o quanto ela era bela, como a mãe dela. Mas a sua afetuosidade paterna só iria até ali, pois rapidamente perceberia que Aurora chegara um dia antes e que as fadas não cumpriram o dever delas. Perceberia o que aquilo significava: que a maldição ainda poderia atingir sua recém-chegada filha. Entraria em pânico e ordenaria que Aurora fosse levada a um local seguro onde seria forçada a permanecer até o dia seguinte. Ela não teria oportunidade de discutir, mas, antes de ser levada embora, perguntaria sobre a mãe. E Stefan ignoraria a pergunta, deixando a um guarda infeliz a incumbência de contar a notícia que se espalhara pelo reino: que a rainha morrera.

Era assim que tudo aconteceria, Malévola refletiu, sentada no bosque, com a luz do dia começando a sumir ao seu redor. Subitamente, sentou-se mais ereta. Entretanto, não *tinha* que acontecer daquela maneira. Não se conseguisse chegar ao chalé antes que Aurora partisse, e a convencesse a ficar.

Deu um salto, correu pelos Moors, atravessou a Muralha e abriu caminho até a clareira na floresta. Invadindo o quarto de Aurora, encontrou-o vazio. Estreitou o olhar.

– Aquelas tolas! – exclamou.

Elas não a detiveram! Como puderam deixá-la partir quando o que a esperava no castelo poderia feri-la?

Ouvindo o gralhar de Diaval, Malévola se virou e o viu empoleirado na janela. Acenando, transformou-o em homem e esperou o seu relatório.

– Encontrei o rapaz – disse ele.

Malévola assentiu.

– Mostre-me – ordenou.

Juntos, saíram do chalé e entraram na floresta. Não precisaram ir muito longe. Phillip estava nas proximidades, seguindo na direção do chalé sob expectativa de ver Aurora novamente.

Dando um passo à frente, Malévola viu Phillip notar seus chifres e as vestes longas e negras antes de empalidecer. Mas ele não recuou. Em vez disso, pousou a mão no cabo da espada e enfrentou o olhar direto de Malévola. A despeito de si mesma, Malévola se impressionou.

– Estou procurando uma garota – ele disse.

– Claro que está – ela respondeu.

Phillip estava prestes a perguntar como a mulher chifruda sabia disso quando Malévola pegou uma flor amarela do bolso e soprou seu pólen na direção dele. Em instantes, ele estava adormecido. Tendo cuidado disso, Malévola olhou ao redor. Agora precisava de um meio rápido de chegar ao castelo.

– Preciso de um cavalo. – Seus olhos se depositaram em Diaval empoleirado numa árvore. Ela sorriu. Isso poderia funcionar.

Momentos depois, conforme o sol começava a descer no horizonte, Malévola galopava pela estrada sobre o lombo de um lindo corcel de pelos negros. Levava um adormecido Phillip na frente dela enquanto eles viajavam até o castelo. A cada passada larga de Diaval, o cavalo, eles se aproximavam mais e mais. E a cada passada larga, Malévola ficava mais e mais preocupada. O sol estava quase sumindo. Era hora de correr... e rápido.

Enquanto Malévola corria em direção a Aurora, ela sentia a presença da garota ficando cada vez mais forte. Todo aquele tempo juntas criara um elo invisível e mágico entre as duas. Isso permitia a Malévola sentir onde Aurora estava e como se sentia. Naquele momento, ela quase conseguia ver Aurora em seu quarto no castelo, andando de um lado para outro diante da porta. Não podia estar feliz por ter viajado toda aquela distância para acabar como uma prisioneira. Por isso, quando uma criada batesse à porta, Aurora a abriria de boa vontade. Ignoraria a outra moça quando ela dissesse algo tolo como: "Este quarto é para quando a princesa voltar; ninguém deve ocupá-lo". Aurora veria sua chance e, sem se importar em corrigir a criada, passaria por ela correndo. E seria então que ela sentiria pela primeira vez uma dor estranha na ponta do dedo. Uma dor que ela desesperadamente gostaria que sumisse. Ela não seria capaz de explicá-la, e seus pés continuariam a se mover na direção de um destino desconhecido.

Na estrada do lado de fora do castelo, Malévola também sentiu a dor no dedo. Mas, ao contrário de Aurora, ela sabia o que aquilo significava. Significava que a maldição estava ficando mais forte conforme a hora de se concretizar se aproximava. E até que essa hora chegasse, Aurora andaria pelo castelo inteiro à procura da única coisa que aplacaria aquela dor: uma roca de fiar. Ela entraria na lavanderia, na qual haveria uma comprida mesa para as costureiras, mas onde não veria nem agulhas nem fios. Seu dedo latejaria mais do que nunca, e ela seguiria em frente, desesperada para encontrar aquilo que estava procurando, mas sem conseguir nomear o que era. Sabendo que tudo isso estava acontecendo, Malévola apertou as pernas, incitando Diaval a ir mais rápido.

Alguns minutos mais tarde, chegaram à periferia do reino. Subindo uma colina, Diaval se empinou ante a estrutura agourenta que surgiu diante de suas vistas. Aquela era a primeira vez que Malévola via o castelo em quase dezesseis anos. Já não era mais o belo castelo de outrora. As pedras azuladas foram cobertas totalmente por ferro, tornando as paredes impenetráveis. Espetos de ferro de aparência horrível elevavam-se dos parapeitos e das torres e, ao longo dos baluartes, soldados com armadura de ferro andavam de um lado para outro portando armas de ferro. O rei Stefan fizera tudo ao seu alcance para tornar aquele castelo à prova de Malévola. Agora, olhando para ele, Malévola percebia que ele realizara seu trabalho completamente. Seria quase impossível para ela entrar. Mas quase impossível e impossível eram duas coisas diferentes, e ela ainda não estava disposta a desistir. Além disso, mesmo se não conseguisse entrar, Phillip poderia. E era só isso que ela precisava.

Bem nessa hora, Malévola sentiu o ar mais frio. Com uma sensação de terror, ela se virou e se voltou para o horizonte a oeste. O tempo chegara ao fim. Enquanto ela observava, o sol se punha cada vez mais baixo no horizonte, os últimos raios espalhando seu calor fraco sobre as terras. Então, bem quando os raios desapareciam por completo, Malévola sentiu. Uma dor profunda dentro de si aumentou e aumentou e depois explodiu, fazendo com que ela gritasse.

– Acabou – ela disse com voz sofrida. A maldição fora concretizada. Em algum lugar dentro daquela fortaleza de ferro, Aurora encontrara uma roca de fiar e espetara o dedo no fuso. E, em algum lugar ali dentro, ela jazia num sono que duraria por toda a eternidade. A menos que... Malévola olhou para Phillip. Incitando Diaval, ela correu na direção do castelo, segurando a última esperança de Aurora com cautela diante dela.

CAPÍTULO 22

A NOITE CAÍRA. Horas se passaram desde que Malévola sentira a dor no dedo e soubera que Aurora perdera para o sono. Agora, parados diante do castelo do rei Stefan, Malévola e Diaval, uma vez mais em sua forma humana, encaravam os enormes portões de ferro. Atrás deles, Phillip continuava adormecido, apoiado numa árvore. Os portões não estavam protegidos por guardas, e tudo estava estranhamente silencioso. Notando isso, Malévola inclinou a cabeça. Por um lado, isso era bom, pois significava que poderia entrar no castelo. Mas, por outro, significava que ela não fazia a mínima ideia do que esperar no interior.

– Ele está esperando por você lá dentro – Diaval observou. Não se deu o trabalho de dizer quem era "ele", pois Malévola sabia muito bem. – Se passarmos por esses muros, nunca sairemos vivos.

Malévola continuou a olhar para a frente, mal registrando as palavras de Diaval.

– Então, não entre – disse distraída. – Esta guerra não é sua. – Usando o bastão, suspendeu o dormente Phillip e começou a andar.

Atrás dela, Diaval soltou um suspiro. Uma vez, apenas uma vez, seria agradável se Malévola conseguisse enxergar o que estava acontecendo. Seria bom ouvi-la dizer: "Por favor, venha comigo, Diaval. Podemos fazer isso contanto que estejamos juntos". Mas Diaval sabia que nunca ouviria tais palavras. E por mais que desejasse que tudo fosse diferente, também sabia que jamais deixaria Malévola entrar no castelo sozinha. Soltando um gemido, correu para alcançá-la.

Os cômodos do castelo estavam em silêncio. Notícias de que a maldição fora cumprida se espalharam tal qual um incêndio numa floresta, e os criados e os soldados tremiam de medo ante a ira do rei Stefan. Ele já soltara sua fúria sobre as três fadas estúpidas que permitiram que

Aurora regressasse antes da hora. Depois de gritar com elas por horas, chamando-as de criaturas inúteis, ordenara que elas encontrassem alguém – qualquer pessoa – que pudesse dar o Beijo do Amor Verdadeiro na filha.

O que ele não sabia era que seu primeiro amor estava dentro do castelo, aproximando-se com o único homem que poderia ter uma chance de despertar a princesa.

Assim que Malévola passou pelo portão principal do castelo, sentiu o peso do ferro. Porquanto era capaz de evitar tocá-lo, o metal escuro estava por toda a parte. Cobria as paredes, cuidadosamente entalhado na forma de arbustos espinhentos, fazendo com que aquilo se parecesse com uma versão de ferro da Muralha de Espinhos. Os espinhos partiam das paredes e do teto, forçando Malévola a avançar com cautela, mantendo um ritmo lento. Ansiosa por ver Aurora, queimou-se ao se aproximar. Mas, quando ouviu a aproximação de um guarda e teve de se esconder nas sombras, percebeu que andar não era pior do que a dor lancinante sentida quando o ferro a tocou nas costas.

Quando o guarda passou e o corredor ficou desimpedido, Malévola se afastou da parede, arquejando.

– Você se queimou? – Diaval perguntou com preocupação na voz.

Mas Malévola não respondeu. Cerrando os dentes, simplesmente disse:

– Vamos em frente.

Nos minutos seguintes, caminharam em silêncio. Ouvindo mais passos, mais uma vez se esconderam nas sombras. Mas, dessa vez, Malévola ficou atenta e manteve as costas afastadas da parede. Espiando, viu que os passos pertenciam a duas criadas, que carregavam lençóis nos braços conforme se apressavam pelo corredor.

– Durante quanto tempo ela vai dormir? – uma delas perguntou.

A outra deu de ombros.

– Para sempre, acho.

Malévola olhou para Diaval e levantou uma sobrancelha. As mulheres só podiam estar falando de uma pessoa: Aurora. Malévola esperou que as duas passassem, depois, em silêncio, voltou para o corredor. Diaval se juntou a ela, segurando Phillip. Começaram a seguir as criadas.

Pouco depois, chegaram ao quarto da princesa. Esconderam-se atrás de um par de cortinas pesadas que cobria uma parede oposta ao quarto, e Malévola avaliou a situação. Dois soldados montavam guarda e, através da porta aberta, Malévola conseguia ouvir as vozes irritantes de Knotgrass, Thistlewit e Flittle. O trio parecia estar forçando alguém a beijar a princesa.

– Esta é a princesa Aurora. – Malévola ouviu Knotgrass dizer.

– Ela não é linda? – Flittle acrescentou.

Uma voz masculina respondeu:

– Sim.

Em seguida, Knotgrass falou novamente:

– Você está apaixonado por ela?

Por trás das cortinas, Malévola revirou os olhos. Aquelas três patetas achavam mesmo que só era necessário que algum estranho dissesse que amava a princesa e a beijasse para quebrar a maldição? Clique! Assim? Atrás, Diaval viu sua expressão e sorriu entendendo tudo. Por mais que elas não o irritassem tanto quanto irritavam Malévola, sabia muito bem o quanto as três fadinhas podiam ser tolas e a compreendia.

Quando o rapaz no quarto respondeu que estava "desesperadamente" apaixonado por Aurora, Malévola ouviu Knotgrass dizer:

– Pode beijá-la, então.

Houve um momento de silêncio, e Malévola soube que o jovem estava beijando Aurora. Então, mais um instante enquanto todos aguardavam que Aurora despertasse. Mas, evidentemente, ela não despertou.

Se não estivesse tão perturbada, Malévola teria gargalhado quando ouviu as fadas batendo os pés de frustração. Ela adorava quando as três ficavam nervosas. Flittle exclamou por fim:

– Se fosse amor verdadeiro, você a teria despertado!

– Vou tentar de novo. – Malévola ouviu o rapaz dizer.

Mas as três fadas o botaram para fora. Um instante depois, ele apareceu na porta, parecendo rejeitado. Atrás dele, Thistlewit e Flittle pararam à porta, os braços cruzados sobre o peito. Esperaram até que ele se afastasse antes de se virar para as duas criadas que estavam esperando pacientemente. Esticando os braços, as fadas apanharam os lençóis e, bufando, viraram-se e fecharam as portas atrás delas. As duas criadas se entreolharam e depois, dando de ombros, viraram-se e caminharam pelo corredor. Dentro de instantes, o corredor uma vez mais ficou deserto a não ser pelos dois soldados e pelos três invasores que se escondiam atrás da cortina.

Malévola sabia que aquela era a sua chance. Movendo-se um pouco atrás da cortina, acenou com a mão de leve na direção de Phillip e sussurrou:

– Acorde.

Então, com um empurrão suave, fez com que saísse detrás da cortina. Ele tropeçou no corredor, o barulho alertou os guardas, que não entendiam de onde o moço tinha vindo. No mesmo instante, a porta se abriu e as três fadas saíram num rompante, quase se chocando com Phillip.

Olhando ao redor, Phillip sacudiu a cabeça, como se tentasse clarear a visão.

– Perdão – disse ele, olhando para as fadas. – É embaraçoso dizer, mas não sei onde estou. – Apesar de ter acabado de despertar de um sono mágico, sem saber onde estava e como chegara ali, ele agia como um perfeito cavalheiro, Malévola teve que admitir.

As fadas também devem ter pensado isso, porque não bateram a porta na cara dele. Em vez disso, informaram que ele estava no castelo do rei Stefan.

Ao ouvir isso, o jovem pareceu surpreso.

– Era onde eu devia estar – disse ele, tentando entender. – Estranho que não consigo me lembrar de como cheguei aqui. O meu pai me mandou vir visitar o rei.

Knotgrass se animou. Se o pai do jovem o mandara ver o rei, talvez o jovem fosse alguém importante. Só havia um modo de descobrir.

– Quem é o seu pai? – perguntou.

– O rei John de Ulstead – Phillip respondeu.

As três fadas se entreolharam enquanto repetiam: "um príncipe". Sem nenhuma explicação, puxaram-no para dentro do quarto de Aurora.

No corredor, Malévola aguardava ansiosamente, tentando ouvir o que estava acontecendo. Por mais que estivesse surpresa ao ouvir Phillip dizer que seu pai era um rei, também ficou contente. Parecia-lhe certo que Aurora, uma princesa, se fosse despertada, que fosse pelo Beijo do Amor Verdadeiro de um príncipe.

– Qual o seu nome? – Ela ouviu Knotgrass perguntar, seguido de passos conforme o grupo se aproximava de Aurora.

– Phillip – ele respondeu.

– Bem, príncipe Phillip, conheça a princesa Aurora – Flittle disse.

Malévola não precisava estar no quarto para saber que Flittle dera um passo para o lado. Phillip veria Aurora e seus olhos se arregalariam ao reconhecê-la como a moça da floresta.

Com muita certeza, suas palavras seguintes seriam: "Eu conheço essa moça".

Insatisfeita ao apenas ouvir o que acontecia, Malévola saiu das sombras. Os dois soldados só precisaram de um instante para reconhecer os chifres antes que Malévola erguesse o bastão e os derrubasse. Virando-se, fez um gesto para que Diaval a seguisse.

Silenciosamente, entraram sorrateiros pela porta aberta. Uma cama imensa dominava o quarto e havia pesadas cortinas nas laterais da cabeceira. As quatro colunas da cama de dossel tinham desenhos intricados entalhados na madeira. E, deslizando do alto, agora cobrindo a adormecida Aurora, havia um tecido delicado e transparente que lembrou uma teia de aranha a Malévola. Aparentemente frágil, mas forte o bastante para manter as coisas aprisionadas dentro dele.

Relanceando ao redor do quarto, Malévola sentiu uma onda de tristeza a acometer. Evidentemente, aquele era o quarto que um dia fora destinado à Aurora bebê. Um pequeno berço, com o mesmo tecido transparente por cima, estava encostado numa das três janelas gigantes que perfilavam a parede mais distante. Contudo, enquanto a cama imensa estava limpa, o berço estava coberto por uma grossa camada de poeira, assim como os brinquedos e o balanço em forma de cavalo de madeira encostados no canto oposto.

Fui eu quem fez isso, Malévola pensou, percorrendo o olhar pelo quarto melancólico. Era ali que Aurora deveria ter passado horas brincando, lendo com a mãe, servindo chá para seus amigos imaginários. *Mas eu roubei isso dela. E também lhe roubei a possibilidade da felicidade nos Moors. E agora ela está aqui deitada sem vida. E não tenho a quem culpar a não ser a mim mesma.*

Sacudindo a cabeça, Malévola se aproximou um pouco mais, tomando cuidado para não fazer nenhum barulho que alertasse as fadas ou Phillip. Ainda existia uma possibilidade, uma possibilidade bem remota, de que nem tudo estivesse perdido. Mas isso dependia do intangível.

– Por que ela está dormindo? – Phillip perguntou, sem perceber a aproximação de Malévola.

– Ela está presa num encantamento – Knotgrass respondeu.

Malévola revirou os olhos. As três fadas não tinham jeito. Phillip não sabia nada a respeito de magia. Contar a ele que havia um encantamento acabaria por assustá-lo.

Felizmente, isso não pareceu incomodar Phillip, que deu um passo para se aproximar de Aurora.

– Ela é a garota mais bela que já conheci – ele disse.

Knotgrass partilhou um olhar animado com as outras duas fadas.

– Quer beijá-la? – Thistlewit perguntou.

– Quero muito – Phillip respondeu.

– Muito bem, então, vá em frente – Knotgrass o incentivou, gesticulando na direção da cama.

– Eu não me sentiria bem com isso – Phillip disse, hesitante. – Eu mal a conheço. Só nos vimos uma vez.

Nas sombras, o coração de Malévola começou a bater forte. Ele *tinha* que beijá-la. *Tinha!* As fadas não podiam deixá-lo sair pela porta só porque ele agia como um cavalheiro. Aquela podia ser a única chance delas. Aquilo podia ser amor verdadeiro! Sentindo o olhar de Diaval sobre ela, Malévola se virou e o encarou. Sabia o que ele estava pensando. Ele estava pensando: *eu lhe disse. O amor verdadeiro pode existir.* Mas ela não se importou. A esperança fluía dentro dela, afastando o ceticismo frio e rijo que a preenchera por anos e anos.

Felizmente, as fadas não tinham intenção alguma de deixar que Phillip saísse do quarto.

Flittle empurrou o príncipe para mais perto.

– Nunca ouviu falar em amor à primeira vista?

– Beije-a! – Knotgrass o incitou.

Lentamente, Phillip se inclinou e afastou o tecido leve. A respiração de Malévola ficou presa na garganta enquanto ela esperava que ele fechasse os olhos, esticasse os lábios...

Depois ele se afastou.

— Disseram que foi um encantamento?

Malévola quase gritou de frustração. Ao mesmo tempo, as fadas berraram:

— Beije-a!

E, ao mesmo tempo, empurraram-no.

Por um instante, Phillip se debateu, e Malévola sentiu o pânico se formar na garganta. Mas ele parou de lutar e, uma vez mais, se inclinou para baixo.

E, então, lenta e gentilmente, ele a beijou.

Foi um beijo perfeito. Suave, doce, repleto de promessas não ditas. Foi o beijo com que as garotas sonhavam deitadas à noite na cama. Foi o beijo sobre o qual os poemas falavam. Foi o beijo dos contos de fadas e dos romances. Malévola não poderia ter imaginado um beijo tão perfeito quando, há dezesseis anos, amaldiçoara um bebê inocente.

Todavia, pouco importava a perfeição do beijo ou quanto amor Phillip sentia.

Aurora não despertou.

CAPÍTULO 23

– ERA PARA ACONTECER ALGUMA COISA agora? – Voltando a ficar ereto, o príncipe Phillip olhou para as fadas com expectativa.

O coração de Malévola afundou. A esperança sumiu, e toda a amargura e o desespero que ela afastara no instante em que os lábios de Phillip e de Aurora se encontraram voltaram renovados. Deveria ter sabido. O amor verdadeiro não existia. Aurora jamais despertaria. Malévola jamais teria a oportunidade de se explicar. Nunca mais caminhariam pelos Moors juntas, nunca mais veriam o sol se pôr e brincariam com as fadas da neve na campina delas. Aurora continuaria dormindo... Para sempre. Malévola subitamente percebeu que os pais, no fim, estiveram certos: existiam, de fato, humanos bons, os que apreciavam e amavam a natureza tanto quanto as fadas. Percebeu que a paz era possível entre as raças, que os humanos não tinham que ser tratados com violência. Mas chegara a essa conclusão tarde demais.

Próximas à cama, as três fadas levantaram as mãos para o alto, tomadas de frustração. Também estavam tristes, mas por motivos mais egoístas. Se o rei Stefan descobrisse que fracassaram na tentativa de despertar a filha dele, não havia como saber o que faria com elas.

— Eu tinha tanta certeza de que era ele... — Flittle disse para as outras enquanto empurrava Phillip pela porta.

Seguindo-o, Knotgrass assentiu.

— Temos que continuar procurando. Vamos raspar o fundo do barril. Ele não precisa ser um príncipe. Nem precisa ser bonito.

— Nem tão limpo — Thistlewit acrescentou enquanto saíam para o corredor e fechavam a porta atrás delas.

Malévola saiu do seu esconderijo nas sombras do quarto e seguiu para junto da cama. Ajoelhando-se ao lado de Aurora, olhou para a bela princesa. Mesmo dormindo, ela parecia boa e generosa, e Malévola se sentiu ainda mais culpada pela punição tolamente imposta à garota inocente. Quem haveria de pensar, durante todos aqueles anos, que as coisas acabariam assim? Que a maldição seria tão grande para Malévola quanto era para Aurora?

Soltando um suspiro longo e triste, levantou a mão e afastou os cabelos do rosto de Aurora. Diaval estava ao seu lado, sua presença silenciosa era um pequeno conforto para Malévola. Inspirou fundo e falou com suavidade, a voz entrecortada de emoção:

– Não lhe pedirei perdão. O que fiz é imperdoável. Estive cega pelo ódio e pela vingança. Nunca sonhei que eu pudesse amá-la tanto. Você roubou o que restava do meu coração. E agora eu a perdi para sempre. – Fez uma pausa, enxugando uma lágrima. – Mas juro que nenhum mal lhe acontecerá pelo tempo que eu viver. E não se passará nem um dia sem que eu sinta saudades do seu sorriso.

A voz de Malévola se perdeu. Não havia nada que ela pudesse dizer ou fazer. Esse era o único adeus que teria. E queria que ele valesse. Inclinando-se, depositou uma mão sobre a de Aurora e suavemente beijou a garota na testa.

Uma onda de magia percorreu o quarto.

E, então, os olhos de Aurora se abriram.

Malévola arquejou quando os tranquilos olhos azuis se depararam com os seus verdes inseguros. Estava muito contente por Aurora estar acordada, mas temia que ela ainda estivesse com raiva.

– Olá, madrinha – Aurora a cumprimentou, radiante, e seu sorriso iluminou o quarto.

A garganta de Malévola se apertou enquanto o corpo era trespassado por emoções. Aurora estava acordada. E não a odiava.

Mas como? Por que seu beijo funcionara e o de Phillip não? E, então, Malévola sorriu quando a compreensão a assolou tal qual uma onda. Estivera tão concentrada no amor que partira seu coração que nunca parara para pensar que existia um amor ainda mais profundo e verdadeiro: o amor de uma mãe por sua filha. E era isso o que Aurora se tornara para ela: uma filha. Amava-a incondicionalmente, sem dúvidas. Ela a amaria nos dias ruins e nos dias maravilhosos. Quando Aurora estivesse perto e quando estivesse distante. Ela a amaria pela mulher que se tornaria e pela garota que era agora. Tudo isso, Malévola percebeu ao olhar para o imenso sorriso de Aurora, era o mais verdadeiro dos amores.

Explodindo de felicidade, Malévola retribuiu o sorriso.
– Olá, praga.

Malévola não perdeu tempo em contar a Aurora tudo o que acontecera desde que ela espetara o dedo. A garota ouviu atentamente a madrinha lhe contar tudo sobre a missão das fadas de encontrar um príncipe que a despertasse e como fracassaram. Até lhe contara sobre a valorosa tentativa de Phillip. Por mais que estivesse tentada a pular essa parte, um olhar de Diaval fez com que mudasse de ideia. Era justo, depois de todas as mentiras que foram contadas, dizer a verdade. Aurora teria que enfrentar uma difícil decisão nos dias que se seguiriam: ficar com o pai ou com Malévola; e merecia ter todas as informações antes de se resolver.

Quando Malévola terminou, Aurora não disse nada. Simplesmente assentiu e se levantou. Depois, com a ajuda de Malévola, pôs-se de pé com hesitação. Agora que estava desperta, desejava conversar com o pai.

Saindo do quarto, encontraram o corredor deserto. Os dois soldados já não estavam mais ali e as luzes ao longo do corredor tinham sido apagadas. Com uma crescente sensação de medo, Malévola e Diaval, agora um corvo, conduziram Aurora pelo corredor e depois por outro. Desceram uma longa escadaria curva e passaram pelos espetos de ferro que antes haviam queimado Malévola. Os olhos de Aurora se arregalaram ao ver todos os objetos pontiagudos que não notara até então, evidentemente instalados ali pelo seu pai. Por mais que Aurora nada dissesse, Malévola sabia que ela estava com medo. E por um bom motivo. Aquele não se parecia com o castelo dos contos de fadas e dos finais felizes. Era um lugar escuro e maligno, que vibrava de ódio.

Por fim, alcançaram o balcão que dava para o Grande Salão. O imenso cômodo estava escuro a não ser por um facho de luz no centro. Com cautela, desceram as escadas e se aproximaram da luz.

Malévola manteve o olhar adiante, concentrado nos dois tronos grandes pouco visíveis nas sombras. Eram os mesmos tronos nos quais Stefan e a sua rainha se sentaram enquanto a filha deles, bebê ainda, recebia seus presentes de batizado. Os mesmos tronos que testemunharam a maldição de Malévola e os terríveis acontecimentos subsequentes. Agora, uma vez mais lá estavam eles, testemunhas silenciosas. *Mas do quê?*, Malévola se perguntou. O que eles sabiam que ela não sabia?

Enquanto Malévola se virava para se certificar de que Aurora estava bem, seus olhos se arregalaram. A garota havia sumido. Mas para onde fora? Estivera ali apenas um instante antes. Virando-se, Malévola freneticamente percorreu os olhos pelo salão.

– Aurora? – chamou-a. Da escuridão, ela ouviu o som abafado de alguém tentando falar. – Aurora! – Malévola gritou, correndo na direção do som.

Vendo-se no meio do grande círculo de luz, Malévola parou, incerta. Havia algo errado. Com uma sensação crescente de terror, levantou o olhar. E, então, engoliu em seco. Lá, pendurada, acima da sua cabeça, estava uma gigantesca rede de ferro.

Antes que conseguisse se mexer, a rede despencou na sua direção. Soltando o bastão, Malévola levantou as mãos acima da cabeça para tentar bloqueá-la. Mas sem sucesso. No instante em que o ferro tocou em sua pele exposta, ela sentiu uma dor ardente e ouviu o chiado de sua pele queimando. Sem conseguir suportar a dor intensa, Malévola caiu de joelhos, a rede cobrindo-a do jeito que as suas asas costumavam cobrir. Mas, enquanto as asas lhe traziam conforto na época, a rede agora só lhe provocava sofrimento.

Com a respiração saindo em arquejos, Malévola mal percebeu os passos de uma dúzia de soldados de Stefan que a cercaram. Cutucaram a rede com lanças compridas, fazendo com que o ferro se aproximasse de Malévola e encontrasse novos pontos para queimá-la. Ela cerrou os dentes, convencida de que aquilo não tinha como piorar. E então, em meio ao torpor da dor, ouviu Aurora gritar.

– Não a matem! – a princesa exclamou.

Levantando a cabeça de leve, Malévola viu quando Stefan chegou e que agora segurava Aurora diante dele. Fazia muito tempo que não o via, e ficou chocada ao ver o quão drasticamente ele se deteriorara. O rosto encovado estava rubro e os ombros, encurvados. Os cabelos espessos que sempre tivera compridos estavam finos e grisalhos. E os olhos que a encaravam estavam vermelhos e vazios.

Um sorriso maligno se formava no rosto de Stefan conforme os dedos se afundavam no braço de Aurora. Malévola se retraiu. Stefan estava completamente descontrolado. Estivera concentrado em destruir Malévola por tanto tempo que nem percebia que estava ferindo a própria filha. De fato, parecia mais aborrecido com ela, e quando ela suplicou uma vez mais que ele parasse de machucar Malévola, Stefan a empurrou para trás. Do ponto em que caiu, ela levantou o olhar para o pai, chocada com a violência dele.

Desesperada para salvar Aurora de mais sofrimento e desapontamento, Malévola tentou se mexer debaixo da rede. Mas não conseguiu. O ferro fazia seu trabalho muito bem e, a cada instante que passava, ela ficava cada vez mais fraca. Se ao menos houvesse algo que pudesse fazer. Alguma outra maneira de se livrar daquela horrível situação...

Foi então que ouviu o grasnido familiar de Diaval.

Apesar da dor que continuava a assolá-la em ondas, Malévola sorriu. *Sim*, ela pensou, *isso serviria*. Isso serviria muito bem. Suavemente, começou a sussurrar.

Houve um rompante de magia, e as cortinas sobre as janelas ondularam quando um vento percorreu o Grande Salão. E, então, diante dos olhos de Stefan e de seus soldados, Diaval começou a se transformar. Suas asas se alongaram, as penas negras foram substituídas por escamas escuras até cobrirem quase o salão inteiro. O bico se tornou um focinho grande com uma boca tomada por dentes afiados, e seu pescoço se alongou de modo que a cabeça quase tocava o teto. Suas duas patas se transformaram em pernas compridas, fortes, recobertas de escamas. Nas pontas de cada pé, garras gigantescas afiadas como navalhas se cravaram no piso de pedra. Recuando a cabeça, Diaval emitiu um rugido. Diante dos soldados aterrorizados havia algo que eles jamais viram antes, algo que mesmo aquelas terras mágicas pensaram ser apenas um mito. Diaval se transformara num dragão.

Malévola levantou a cabeça e observou um atônito Stefan retroceder um passo. Se a dor não fosse tão grande, ela teria sorrido ao vê-lo tão aterrorizado. Em seguida, ela virou a cabeça ligeiramente para o lado e viu que Aurora se levantara e estava fugindo correndo, desaparecendo pela longa escadaria acima que conduzia à torre. Nesse instante, Malévola se permitiu sorrir. Porque não importava o que aconteceria em seguida, não importava quanta dor Stefan lhe infligisse, Aurora não estaria ali para testemunhar. Ela seria poupada de todo esse horror. E depois de tudo pelo que a garota passara, um horror a menos era um presente precioso.

CAPÍTULO 24

ENQUANTO AURORA FUGIA, Diaval continuou a espalhar o caos no Grande Salão. Com um açoite da cauda, derrubou uma fila de soldados. Soltou um rugido, expelindo fogo sobre outro grupo. Ao levantar a cabeça, os dois chifres que tomavam conta da testa dele se chocaram contra o candelabro, quebrando-o em milhares de pedaços. O cristal partido caiu sobre os soldados que ainda restavam de pé, provocando múltiplos gritos de dor.

Debaixo da rede, Malévola permanecia enroscada em posição fetal, enfraquecendo a cada instante que passava cercada por ferro. O bastão dela estava longe do seu alcance e, sem ele, ela se sentia ainda mais indefesa. Depois de um tempo, só conseguiu ficar deitada ali sem fazer nada vendo os soldados caírem ao seu redor, tentando escapar do dragão com sua respiração incendiária. Só podia continuar deitada ali e pensar: *isto tudo é culpa minha.*

Os minutos pareceram se estender por horas, e Malévola começou a pensar que jamais escaparia da sua prisão de ferro. Em seguida, em meio ao torpor de dor que continuou a atormentar seu corpo, Malévola ouviu o som de passos que se aproximavam. Ao contrário dos apressados e assustados dos soldados, aquelas passadas eram determinadas, confiantes. Ela levantou o olhar, já sabendo quem veria.

Stefan estava se aproximando, os olhos colados em Malévola, aprisionada sob a rede. Estavam cravados nela, qualquer vestígio dos sentimentos que um dia sentira por ela havia desaparecido. Pela primeira vez, Malévola o viu como o homem desprezível que se tornara. Verdade, sabia que ele mudara fisicamente, sendo que a estrutura física de menino e o rosto sem rugas foram substituídos por uma cintura redonda e por rugas. E sabia que ele se tornara mais frio. Isso fora evidenciado pelo assassinato do rei Henry e pela extração das suas asas, só para nomear alguns dos seus delitos. Mas antes, esses atos fizeram com que ela o odiasse. Hoje ela quase sentia pena dele.

Não restava nada do rapaz por quem ela se apaixonara nos Moors. Nenhum indício da diversão que Stefan demonstrara com tanta facilidade enquanto conversaram junto aos pântanos ou caminhavam pela floresta. Aquele homem diante dela era duro, frio e morto por dentro. Os anos construindo os muros de ferro ao redor do castelo surtiram um efeito adverso – fizeram com que ele erguesse um muro de ferro ao redor do coração. Encarando-o nos olhos, Malévola sentiu tristeza. Tristeza e medo. Porque não havia como saber o que ele faria agora. Desesperada, tentou alcançar seu bastão mais uma vez. Mas ele continuava longe do seu alcance.

Vendo-a se esforçar, Stefan sorriu com crueldade.

– Ainda lamento não tê-la matado aquela noite – disse com aspereza.

As palavras a feriram, e qualquer tristeza que ela começasse a sentir por Stefan desapareceu naquele instante. Lembranças daquela noite tanto tempo atrás, quando ele arrancara seu coração e suas asas, voltaram com força redobrada. Ele bem que poderia tê-la matado pelos danos que lhe causara. Aquela noite desencadeara uma série de eventos horríveis. De certa forma, aquela noite a transformara num monstro desprovido de coração, assim como ele – até ela conhecer Aurora e as coisas começarem a mudar. Todavia, jamais admitiria isso para ele. Não agora. Portanto, em vez disso, Malévola juntou o que lhe restava de forças e disse:

– Você sempre foi um fraco.

O rosto de Stefan enrubesceu, e a mão apertou o cabo da espada. Malévola sabia que fora longe demais. Mas isso importava agora? As chances de ela escapar eram mínimas. Como para provar que ela estava certa, Stefan levantou a espada pesada acima da cabeça. Em seguida, com um berro, ele a desceu...

Malévola fechou os olhos, à espera do golpe.

Que nunca chegou.

Em vez disso, houve um rugido seguido de um golpe forte. Abrindo os olhos, Malévola viu Stefan deitado no chão a poucos metros dela e, pairando acima dela, estava Diaval, o dragão. Ela lhe sorriu quando ele baixou o pescoço comprido e, com suavidade, agarrou a rede de ferro com os dentes. Em seguida, arrancou-a de cima de Malévola, libertando-a por fim.

Assim que a rede sumiu, Malévola agarrou o bastão e cambaleou sobre os pés. Sangue escorria pelas suas pernas, e uma onda de tontura a acometeu, forçando-a a se equilibrar no bastão por um instante. Inspirando fundo algumas vezes, ela esperou até que sua mente clareasse. Logo se endireitou. A adrenalina jorrou dentro de si quando ela absorveu o caos ao seu redor. Soldados corriam em todas as direções, temendo a criatura gigantesca no meio deles. Diaval quebrara quase todos os candelabros do Grande Salão, e sua respiração incendiária queimara as paredes, deixando-as pretas. As garras gigantescas deixaram sulcos profundos no piso de pedra, enquanto a cauda longa derrubara diversos pilares próximos à entrada principal do salão. Perscrutando ao redor, ela viu Stefan se esforçando para ficar de pé e, sem hesitação, ele começou a avançar na sua direção. Mas não conseguiu ir longe. Diaval se interpôs entre eles e, com um rugido poderoso, renovou sua luta contra Stefan e os outros.

Usando a distração, Malévola se apressou na direção das escadas despercebida. Precisava encontrar Aurora imediatamente.

Quando chegou ao topo das escadas, Malévola se virou. Viu Diaval sibilar e açoitar os homens, tentando mantê-los longe. Porém, outros soldados se aproximaram. Portavam armas afiadas, e ele não estava acostumado ao seu corpo de dragão. Ela viu o pânico no olhar dele conforme ele sacudia a cauda, derrubando mais homens. Em seguida, Diaval se aproximou da parede mais distante. Correndo, chocou-se contra ela, lançando as placas de ferro no chão do outro lado. Através do buraco criado, Malévola conseguiu ver as diversas torres do castelo. Os lados arredondados não ofereciam nenhum apoio, por isso os soldados não tinham como escalar. Mas as garras de Diaval se afundavam na pedra com facilidade. Vendo a sua oportunidade de escapar, Diaval começou a subir pela parede da torre e desapareceu de vista por um momento.

Malévola se virou e, freneticamente, olhou ao redor. Onde Aurora poderia ter ido? Havia um corredor comprido à sua direita e outro à esquerda. Mas, adiante, havia uma porta imensa oscilando de leve. Só podia ser por ali. Correndo, Malévola se viu diante de outro lance de escadas. Ela subiu, subiu, subiu, até dar na torre que, naquele instante, Diaval escalava.

Rapidamente, Malévola começou a subir as escadas, com o coração batendo forte por causa do medo do que poderia encontrar. Aurora não conhecia o castelo. Não conhecia os soldados nem a crueldade que os homens enfurecidos eram capazes de expressar. E agora ela fora lançada bem no meio daquilo, testemunha de alguns dos piores atos da natureza humana. Malévola sofria ao pensar em Aurora assustada e sozinha, vagando pelos corredores do castelo. Seus passos se apressaram e, por fim, ela chegou ao quarto no alto da torre. Estava vazio. No lado oposto do quarto, uma porta conduzia até uma comprida ponte que ligava a torre a outra próxima dela. E lá, parada no meio da ponte, estava Aurora. Suspirando de alívio, Malévola correu.

Mas o alívio durou pouco tempo.

De trás, ela ouviu um açoite e, em seguida, sentiu uma dor conhecida atravessando seu corpo. Olhando por cima do ombro, viu Stefan, que segurava um chicote comprido na mão e cujo olhar estava enlouquecido. Deu um passo à frente, chicoteando o açoite diante dele. Levantando o bastão, Malévola se manteve firme. Não permitiria que ele a derrotasse, não agora. Não enquanto Aurora estivesse tão próxima. Estreitando os olhos com determinação, Malévola deu um passo à frente, balançando o bastão.

O som do ferro contra a madeira ressoou na ponte, enquanto Stefan estalava o açoite repetidamente. De novo e mais uma vez, Malévola desviou dos ataques com o bastão. Moviam-se para a frente e para trás, seus movimentos eram uma imitação aterrorizante de uma valsa romântica. A luta os levou de uma ponte a outra, sem que nenhum dos dois recuasse, ambos determinados a ganhar. Malévola se esqueceu de que Aurora estava próxima. Só conseguia pensar em derrotar Stefan de uma vez por todas. Sua mente ficou em branco por conta da raiva, e ela bateu seu bastão nele.

Estavam tão envolvidos na luta que nenhum dos dois percebeu que o chão debaixo deles tremia. Tampouco notaram que Diaval se agarrava à torre, arrastando-se até o telhado e lançando escombros e ferro até o chão muito abaixo. E, definitivamente, não notaram que Aurora estava numa ponte menor logo abaixo deles. A princesa ficou parada indefesa conforme pedaços da torre se chocavam com a sua ponte, fazendo com que ela sacudisse violentamente.

E, então, a ponte de Aurora despencou.

Malévola ouviu um grito perfurante, e sua raiva sumiu, substituída de imediato pelo medo. Virando, ela viu Aurora caindo. Os braços da garota se agitavam enquanto ela tentava retardar a queda. Mas era inútil. O chão rapidamente se aproximava. Malévola freneticamente olhava ao redor à procura de uma maneira de ajudar a sua amada Aurora. Mas não havia nada que ela pudesse fazer. Sua magia não estava forte o bastante, e ela não tinha asas para voar. Mas logo ela viu Diaval e sentiu uma centelha de esperança. A garota significava tanto para ele quanto para Malévola. Ele não permitiria que ela morresse. Empoleirado no telhado da torre, Diaval tinha os olhos colados em Aurora. Avaliou a distância e, então, com uma batida vigorosa das asas imensas, lançou-se do telhado e voou atrás de Aurora.

O coração de Malévola parou ao ver o imenso corpo negro de Diaval acelerar atrás do pequeno de Aurora. Ele esticou o pescoço, indo cada vez mais rápido. Em seguida, esticou as garras e fechou-as ao redor da menina, arremetendo em segurança antes que ambos batessem no chão.

O ar retornou aos pulmões de Malévola e seu coração voltou a bater enquanto ela observava os dois aterrissarem em segurança ali perto. Aquilo fora perigoso demais para o seu sossego. Se Diaval tivesse partido um segundo mais tarde...

Slash!

Malévola soltou um grito quando o chicote de ferro de Stefan a prendeu pelo braço. Despreparada para aquela dor, Malévola soltou sem querer seu bastão e viu, inerte, quando ele despencou pela lateral da ponte.

Vendo que ela já não tinha como se defender, Stefan gargalhou malignamente. Recomeçou a açoitá-la. Levantando as mãos diante do rosto, Malévola tentou se desviar. Mas as chicotadas persistiram. Recuando alguns passos, arquejou quando o pé encontrou ar em vez do piso. Olhando por cima do ombro, viu que estava encurralada contra o fim da ponte. Não havia para onde ir.

Ao se voltar para Stefan, deparou-se com o seu olhar. *Então é assim que tudo termina*, Malévola pensou com tristeza, fitando o sorriso maldoso do rei. Todos aqueles anos de ódio e de batalhas. Os muros que foram erguidos, de ferro e de espinhos. Tudo por nada. Não eram os muros que destruiriam Malévola nem Stefan. No fim, seria uma queda. Uma queda para o nada. Suspirando, Malévola esperou pelo inevitável. Observou o sorriso de Stefan se alargar mais e mais enquanto ele também esperava pelo inevitável.

Mas seu sorriso sumiu.

Atrás dela, Malévola ouviu um som estranho e, em seguida, sentiu algo que não sentia em muitos, muitos anos. Era uma sensação de conforto, de completude. Era um sentimento quase tão forte quanto o amor que sentia por

Aurora. Um sorriso começou a se alastrar pelo seu rosto enquanto ela se virava lentamente.

Ali, pairando no ar, estavam as suas asas.

Estavam fortes e belas como no dia em que Stefan as roubara, e Malévola emitiu um grito suave. Como aquilo podia estar acontecendo? Elas estiveram ali, no castelo, o tempo todo? E, se estavam, como se soltaram? Abaixando o olhar, viu Aurora e, subitamente, entendeu como elas tinham retornado. De alguma maneira, Aurora encontrara seu pedaço faltante. Com um imenso sorriso, Malévola se virou para suas asas e abriu os braços.

Houve um estalo estarrecedor, e Malévola desapareceu numa explosão mágica de luz. Quando a luz sumiu, Malévola e as suas asas eram um só ser uma vez mais. Com uma batida poderosa, ela se ergueu no ar e pairou, deleitando-se com o momento. Nunca acreditara que aquele dia pudesse acontecer. Contudo, acontecera. E agora ela estava perto de ter tudo de que precisava e queria no mundo.

Por mais que quisesse voar alto no céu e se esquecer dos problemas enquanto mergulhava e flanava ao sabor dos ventos, uma vez mais livre para ir aonde bem quisesse, havia uma última coisa que precisava fazer.

Mergulhando, bateu em Stefan com uma das asas potentes. O rei foi lançado para trás, tropeçando ao tentar manter-se sobre os pés. Voando para a frente, Malévola o manteve colado à parede da torre. Inclinou-se para a frente, seu rosto a meros centímetros do de Stefan.

– Você não vai me matar – disse Stefan, tentando parecer corajoso, mas fracassando. – Sou o pai dela.

Por um momento, Malévola não disse nada. Apenas encarou Stefan, debatendo consigo mesma. Nunca antes desejara tanto ferir alguém como desejava ferir Stefan. Ele merecia. Disso ela tinha certeza. Antes que ele a traísse, Malévola jamais acreditara em vingança. Nunca desejara ferir nada nem ninguém. Stefan mudara isso no dia em que partira seu coração. Mas, caso o matasse agora, isso não equivaleria a deixá-lo levar a melhor? Isso, no fim, não seria uma vitória dele? Aurora poderia perdoá-la por muitas coisas, mas seria capaz de perdoá-la por matar seu pai?

Com um suspiro, Malévola soltou Stefan, aterrissando e recuando um passo. Esperou, imaginando se aquele ato de benevolência restauraria alguma parte do homem de que um dia ela gostara. Mas, em vez disso, ele disse:

– Quero que saiba que nunca te amei.

Malévola soltou uma risada amarga.

– Ah, Stefan – ela respondeu –, você nunca soube mentir.

Não restava nada mais a ser dito nem feito. Malévola se virou e começou a se afastar. Mas, ao ouvir o som de passos correndo, girou bem a tempo de ver Stefan avançando na sua direção com uma faca de ferro na mão. Um momento depois, ele se chocou contra ela e, juntos, caíram pela ponte.

A luz do luar delineou a silhueta dos corpos enquanto Malévola e Stefan despencavam até o chão. As asas de Malévola os envolviam, quase como uma coberta, impedindo aqueles lá embaixo de testemunhar a briga entre eles. O rei se debatia contra as asas enquanto tentava esfaquear Malévola. Por sua vez, ela desviava e se retorcia para evitar a lâmina, fazendo com que a queda deles seguisse um curso irregular. Mas, por mais que conseguisse evitar a faca, ela não conseguiria evitar o chão, que se aproximava rapidamente.

Quando Stefan levantou a faca uma vez mais, Malévola girou no ar. E o movimento súbito fez com que o rei perdesse a pegada e, antes que ela conseguisse agarrá-lo, Stefan se desprendeu dos seus braços.

Um momento depois, o corpo dele bateu no chão e lá ficou, sem vida.

Abrindo as asas, Malévola retardou a queda e se ergueu no ar. Em seguida, vendo Stefan no chão, ela mergulhou e aterrissou ao lado dele. Abaixando a cabeça, fechou os olhos, sentindo um misto de emoções percorrendo-a.

A pessoa deitada no chão ao seu lado fora a primeira pessoa que a amara. A primeira que ela amara. E, por isso, ela se sentia grata. Pois, sem a compreensão do amor, ela jamais conseguiria ter aberto o coração para Aurora. Mas essa pessoa também foi a primeira a traí-la e o motivo pelo qual fechara o coração por tanto tempo. Ele fora sua benção e sua maldição. E agora ele já não existia mais. Ela sentiu uma tristeza profunda. Depois de um momento, porém, percebeu que a tristeza não era por ela, mas por Aurora. Pela garota que jamais teria a chance de conhecer seu pai.

Quando Malévola levantou a cabeça, seus olhos se depararam com os de Aurora. A garota estava um pouco afastada e seu rosto estava pálido. Mas, diante do olhar de Malévola, apenas assentiu. E, nesse aceno, Malévola compreendeu que Aurora ficaria bem. Ela a perdoaria pela sua parte naquilo, e teria uma vida feliz, cercada por beleza, pela natureza e por seres amados. E Malévola estaria lá para guiá-la e para protegê-la... Sempre. Ela encontrara a sua família de novo. Um espírito com afinidade. Uma garota humana.

EPÍLOGO

OS MOORS ZUNIAM DE AGITAÇÃO. Os duendes de lama borbulhavam e gorgolejavam mais lama. As fadas do orvalho voavam de folha em folha, deixando gotas de água brilhantes como diamantes em seu rastro. Nos riachos, as fadas da água se pavoneavam mais do que o costume. O restante do Povo das Fadas seguia direto para a Colina das Fadas. Aquele era um grande dia, e ninguém queria perder nada.

Malévola estava diante do trono na Colina, sorrindo para os rostos conhecidos ao seu redor. Diaval estava ao seu lado. Nas proximidades, Sweetpea piscou para ela, e Robin definitivamente estava radiante. Malévola sentia-se extremamente grata por eles estarem ali. A sua família.

Um barulho na moita a alertou que a convidada de honra chegara. Malévola se virou para ver Aurora caminhando na direção da Colina, um halo formado pelo cabelo iluminado pelo sol brilhava ao redor do rosto. As flores vicejavam enquanto Aurora passava, e os pardais que por ali passavam chilrearam com alegria. Ela parou diante de Malévola, sorrindo para a fada madrinha. Os olhos de Malévola se empoçaram com lágrimas de orgulho.

– Ah, ali está ela! Apressem-se! Estão esperando! – A voz aguda de Knotgrass veio do outro lado da Colina. A multidão se virou para ver Knotgrass e Flittle ziguezagueando na direção delas com uma coroa reluzente a reboque.

– Esperem por mim! – Thistlewit as chamou, vindo logo atrás.

Assim que as três fadinhas alcançaram Malévola e Aurora, pararam em pleno ar, arfando dramaticamente para recuperar o fôlego. Malévola se conteve e não revirou os olhos. Por fim, Knotgrass falou.

– Nós lhe apresentamos a sua coroa, pequena Aurora, por quem sacrificamos os melhores anos das nossas... – A voz dela se perdeu assim que percebeu o olhar severo que Malévola lhe lançava.

Malévola sabia que ela mesma tinha que cuidar daquilo. *Nunca mande uma fadinha fazer o trabalho de uma fada madrinha*, pensou ao pegar a coroa das mãos de Knotgrass.

Então, com muita suavidade, depositou-a sobre a cabeça de Aurora.

– Eis a sua rainha! – Malévola anunciou para a multidão. Um grito de alegria se espalhou. Malévola observou Aurora sorrir com afetuosidade, um sorriso que se expandiu quando ela viu Phillip se aproximar do trono.

Malévola observou Aurora cumprimentar as sentinelas da fronteira, apertando suas mãos de madeira, oficialmente formando uma nova aliança. Era tudo o que os pais de Malévola desejaram: paz e harmonia, e aquela cena comoveu Malévola.

Aurora seria uma grande e nobre rainha. Uma que uniria as terras e aproximaria os humanos e o Povo das Fadas.

Mas, como tantos pensavam toda vez que viam uma figura graciosa flanando pelos ares, foi preciso uma grande heroína e uma terrível vilã para que tudo aquilo acontecesse. E seu nome era Malévola.

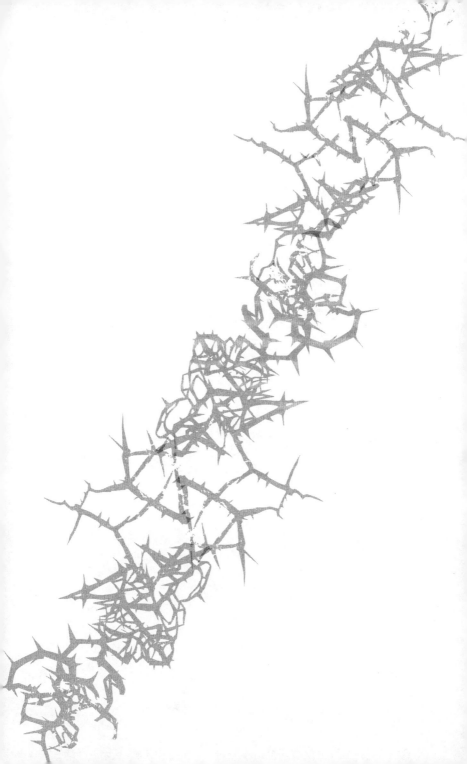